Mara Krezdorn

AF189991

NATALIJA
SEHNSUCHT NACH LIEBE

NATALIJA
SEHNSUCHT NACH LIEBE

Autor
MARA KREZDORN

Rezensent
DRAGAN TOŠIĆ

Lektorat und Korrektur
DRAGAN TOŠIĆ

Druckvorbereitung
DraganLazarević

Übersetzung
JASMINA KUVELJIC

Erste Ausgabe

Herstellung und Verlag:
BoD - Books on Demand, Norderstedt
ISBN 978-3-7460-7901-1

Ich bin...

Ich bin Natalija. Bin gerade in dem Alter, in dem Frauen ungern über die bisher gezählten Winter und Sommer reden. In dem sie grundsätzlich nicht gerne über Zahlen sprechen. Wie komisch mir das auch immer erscheinen mag, wundert es mich nicht im Geringsten. Ich bin mir dessen bewusst, dass wir in einer Welt leben, in der Frauen schon mit Vierzig alt und *abgeschrieben* sind. Aber, wenn man dies als eine Genugtuung bezeichnen könnte, finden mich viele noch ziemlich anziehend. Ich habe langes blondes Haar, für mein Alter einen ziemlich schlanken und wohlgeformten Körper und wenn ich mich etwas bemühe, weiß ich von Männern Komplimente hervorzulocken...

Ich gehöre zu jener Frauengruppe, die morgens ihr Gegenüber, wenn sie sich im Spiegel betrachten und eine neue, winzige Falte über den Lippen oder um die schönen, großen, grün-braunen Augen, die ich an mir übrigens am meisten mag, entdecken, immer noch anlächeln können und die feststellen, dass die Zeit, die hinter ihnen liegt auf ihrem Gesicht nur noch eine weitere Spur von Weisheit und einer durchlebten Erfahrung hinterlassen hat.

Mein Alter bereitet mir kein Kopfzerbrechen, noch leide ich wegen allem, was ich in der Vergangenheit als schwere Last bewältigt habe. Ich bereue kein einziges Erzittern und Erflimmern meines Herzens. Auch Tränen vergieße ich keine mehr wegen einer mich erdrückenden Pein. Ich lebe für den dämmernden Morgen und den vor mir liegenden Tag.

Dennoch, wie sehr ich mich dagegen sträube, an die Vergangenheit zu denken, kehrt sie manchmal allein, uneingeladen in meine Gedanken ein. Dann stelle ich mir die Frage, ob sie mich quälen und verfolgen möchte oder mir nur nicht zulässt, zu vergessen. Aber nach all dem, bin ich mir fast sicher, sie wolle mir nur zu Wissen geben, dass ich *im gegenwärtigen Leben* kein Recht auf Tränen, Unzufriedenheit und schlechte Laune habe.

Kindheit

Meine Eltern sind aus einem entfernten Bergdorf in meine Geburtsstadt gezogen, um der Armut und dem Elend, in denen sie lebten, zu entfliehen. Selten besuchten sie ihre Heimat, und wenn sie es dennoch taten, waren es nur Stippvisiten, weil Vater *arbeitete* und Mutter *sich um Haus und Kinder kümmern musste*. Nun erscheint mir das wie eine gute Ausrede, mit der sie sich vor den ewigen Tadeleien meiner Oma, Vaters Mutter, wehrten, welche die Angewohnheit hatte, ihnen vorzuwerfen, Großvater und sie vollkommen vergessen zu haben, und wenn ihnen nicht daran gelegen sei, sie zu Lebzeiten noch zu sehen, bräuchten sie ihnen auch nicht ans Grab zu kommen.

Und mir schien es schon damals, als kleinem Kind, dass Vaters Familie in der Tat im erbärmlichsten und ärmsten Dorf der Welt lebte. Wie selten meine Eltern das Dorf auch besuchten, noch seltener nahmen sie mich und meine Brüder mit. Und ehrlich gesagt, litten wir deswegen nicht besonders.

Ein einziger Besuch bei Oma und Opa ist mir im Gedächtnis geblieben, doch auch dieser keineswegs in Gutem. Das Dorf konnte man nicht per Bus erreichen, da es für diesen dort keine Zufahrtsstraße gab. Die Bushaltestelle, an der wir ausstiegen, befand sich unter einem alten, weit verästelten Nussbaum, neben der mit *groben Schotter* belegten Straße.

Von dieser Stelle aus führte ein festgestampfter Pfad zwischen den Akazien- und Zerreichenbäumen bergauf. Meine Brüder und ich versuchten mit unseren Trippelschritten, Vater und Mutter einzuholen, die hurtig *vor uns her spurteten*. Üblicherweise warteten sie am Waldrand, der an mach kleine Äcker und Felder grenzte, auf uns. Außer Atem vor Anstrengung rannten wir zwischen den emporgeschossenen Weißdornsträuchern zu ihnen, über die Kratzer klagend, die ihre scharfen Dornen auf unseren bloßen Armen und baren Füßen hinterlassen haben. Ich entsinne mich nicht mehr, wie lange wir gelaufen sind, aber ich weiß, dass es mir damals als Siebenjähriger, wie eine ganze Ewigkeit vorgekommen ist.

Auch unser Haus in der Stadt, in dem wir lebten, war kein Palast, aber als wir endlich bei Omas und Opas Haus eintrafen, zeigte sich uns ein kleines, heruntergekommenes *Holzhäuschen* mit schiefem Dach und kleinen Biberschwanzziegeln, das an einer der vier Seiten eingefallen war, wahrscheinlich wegen der brüchig gewordenen Balken und Latten, die es stützten. Von den Hauswänden blätterte die weiße Farbe ab, mit der sie einst vor langer Zeit getüncht wurden. Die Ecken, die sich auf das Fundament aus grob gehauenen Steinen lehnten, waren abgeschlagen und man konnte die Farbe des getrockneten Lehms deutlich sehen.

Das Material, aus dem einst hierzulande Häuser gebaut wurden, nennt man *Pressmasse*, und sie wurde so hergestellt, indem man Lehm und klein geschnittenes Stroh mit Wasser vermengte und diese Mixtur dann zwischen die tragenden Balken *einpresste*, die diese derart gemachten Wände stützten. Das Haus betrat man über drei Steinstufen durch die verblichene Holztür, und links und rechts von ihr waren zwei Fenster mit gezimmerten Fensterläden.

Im Haus gab es keinen Strom, was uns Kindern schon zu jener Zeit unvorstellbar vorkam. Mit Sonnenuntergang tauchten Haus, Hof, Blockhütte und die gesamte Umgebung in undurchdringliche Dunkelheit ein. Und wir, klein wie wir waren, hatten Angst vorm Dunkel.

Der Hausboden war nur mit gut eingestampfter Erde überdeckt und sein einziger Vorteil bestand darin, dass wir nicht davor bangen mussten, etwas darauf zu verschütten oder ihn zu verschmutzen und mit Krümeln zu übersäen, was uns unsere Mutter *in der Stadt* nie durchgehen ließ. Dennoch bespritzte Oma ihren Lehmboden jeden Abend mit Wasser und kehrte ihn mit ihrem selbstgemachten Reisigbesen.

Während sie dies verrichtete, erinnerte sie uns an die Hexe aus unserem Bilderbuch über Hänsel und Gretel, welches wir daheim hatten und immerfort durchstöberten. Nicht so sehr ihretwegen und weil sie ihr ähnelte, sondern mehr wegen dem Gesamtbild, das sich einem im einzigen Raum des Hauses bot.

Neben ihr, die mit diesem sonderbaren Besen herumwedelte, hing mitten im Zimmer, vom deckenlosen Dachboden aus überkreuzten Querbalken ein mit Ketten daran befestigter Kessel voller ständig brodelndem Wasser, da das Feuer immerzu mit frischem Holz genährt wurde.

Obwohl es Sommer war, sprühten ringsum Funken von der Feuerstätte her und bildeten in den kühlen Nächten einen Dampf, von dem die Fenster dauernd beschlagen waren. Wenn wir rausschauen wollten, mussten wir zunächst den tröpfelnden Nebel wegwischen, der die kleinen Fensterluken bedeckte.

"Weg vom Fenster! Was schmierst du mit der Nase darauf herum?", brüllte Oma, wenn sie es bemerkte.

Opa, der sozusagen ununterbrochen schweigend auf einem glatt eingesessenen Holzschemel am Feuer saß, stammelte nur verärgert hervor: "Lass doch die Kinder in Ruhe! Sie werden sonst nie wieder herkommen, du alte Hexe!"

Ich kann mich noch daran erinnern, dass wir Kinder in einem kleinen Holzhäuschen, das man weder als Blockhütte noch Schuppen bezeichnen konnte, schliefen oder besser gesagt, die Nächte darin verbrachten, und wohin wir uns beim flackernden Licht einer Kerze begaben, die Oma beim Gehen stets mitnahm, angeblich aus Vorsorge, dass wir die Hütte nicht anzündeten.

Sie gab uns eine alte, raue Wolldecke zum Zudecken, die uns die ganze Nacht über kratzte und *an uns nagte*, aber die echte Qual begann erst, nachdem man das Licht ausgemacht hatte, weil sich zugleich auch die Flöhe dazugesellten, deren Bisse uns unbarmherzig plagten. Wir konnten kein Auge zutun, da wir uns die ganze Nacht über kratzen mussten.

"Schwesterchen, ich möchte nach Hause!", jammerte mein Bruder Mitar ununterbrochen, von mir Hilfe und Schutz erbittend. Ich versuchte ihn zu trösten und zu beruhigen, fühlte mich jedoch selbst keines bisschen besser als er. Die Flöhe bissen mich, die Wolldecke kratzte, ich fürchtete mich vor der Dunkelheit, den Hexen und erwartete jeden Augenblick, dass eine von ihnen an meine Tür klopfte. So verbrachten wir die ganze Nacht über wach. Tags darauf dösten wir vor uns hin und konnten es kaum erwarten, dass Vater und Mutter zum Aufbruch nach Hause riefen.

Ich kann mich noch daran erinnern, dass zumindest Mitar, mein jüngerer, dazumal vierjähriger Bruder, und ich, die sieben Jahre alt war, in Vaters Dorf und Geburtshaus nur damals und nie mehr wieder dort gewesen sind. Opa war im Recht. Wir besuchten sie kein weiteres Mal mehr, denn, wenn auch nur erwähnt wurde, dorthin zu gehen, erfanden wir Ausreden, warum es *gerade jetzt nicht ginge*.

Vielleicht trug zu alledem noch bei, dass Opa nur dann etwas von sich gab, wenn er mit Oma zankte, und Großmutter hatte ein jähzorniges und boshaftes Gemüt. Deshalb liebten wir sie nicht. Alles musste immer nach ihrem Willen geschehen und ihrem Befehl ablaufen. Darüber hinaus hatte sie sich nie darum bemüht, unsere Liebe zu gewinnen, uns mit einer Kleinigkeit an sich zu binden oder zu fesseln. Das kam ihr nicht in den Sinn, denn über alle Maßen hinaus war sie geizig.

Niemals hatte sie uns etwas geschenkt, wie andere Großmütter es taten, und was noch am Schlimmsten war, uns als ihren Enkelkindern nie echte und aufrichtige Liebe entgegengebracht.

Zuerst Großvater, und bald darauf auch Großmutter, sind für uns Kleinen *in den Himmel gegangen*. Ihr verfallenes Haus fiel vollkommen zusammen und eines Tages stürzte es unter dem Einfluss von Windböen, Regen und Kälte ein. Dennoch blieb es für immer in meinen Erinnerungen haften und hinterließ für alle Zeiten eine Angst in mir vor diesem Elend und der Notdurft, in der sie gelebt hatten.

* * * * *

Mutters Familie lebte in einem anderen, nicht so weit entlegenem Dorf, und im Gegensatz zu Vaters Eltern führten sie ein viel besseres Leben. Aber erheblich wichtiger für uns Kinder war, dass Opa und Oma mütterlicherseits uns gegenüber immer Güte zeigten.

Deshalb konnte ich die Sommerferien kaum erwarten, um sie zu besuchen. Für mich war das ein echtes Erlebnis.

Ihr Haus war geräumig, mit Dielen belegt, so dass alles nach Holz roch. Schöne Flickenteppiche, die Oma selbst am Webstuhl gewebt hatte, lagen am Boden verteilt. Oft versuchte sie auch mir das Weben beizubringen, aber es wollte mir einfach nie von der Hand gehen.

Die kleinen Holzfenster am immer frisch getünchten Haus waren mit weißen gehäkelten Gardinchen verhängt. Das Haus roch immer nach selbstgemachten, frischgebackenem Brot.

Großvater war für mich der beste Opa der Welt. Obwohl schon in gediegenem Alter, war er ein schöner Mann, mit dunkelblauen Augen, Vollbart und langem Haar. Nie scherte er sich darum, ob sein Bart und seine Haarpracht jemandem gefielen oder nicht.

Er pflegte zu sagen: *„Jesus hatte es ebenso getragen, und ich mache es genauso."*

Viele schätzten ihn, aber einige, die sich über ihn lustig machen wollten, betrachteten ihn als einen Sonderling, da er Erzählungen schrieb und Gedichte verfasste. Das waren noch jene Zeiten, als dies allen, insbesondere den ungebildeten Leuten auf dem Lande, unvorstellbar war, so dass sie mit Argwohn solche beäugten, da die Mehrzahl der Ansicht war, dass diesen Käuzen *etwas fehlte*.

Auch heutzutage noch, insofern sie nicht zu einem von jenen Schriftstellern gehören, die auch in der Schulliteratur Einzug gehalten haben, betrachtet das niemand als ernstzunehmende Tätigkeit. Deshalb bewundere ich ihn noch mehr, da er in der Tat erfolgreich gegen ihren Spott ankämpfte.

Für mich, aber auch für viele anderen, war er ein äußerst intelligenter Mann. Wahrscheinlich verlangte man von ihm, sich auch politisch zu engagieren, um ihn zum Bürgermeister vorzuschlagen und aufstellen zu lassen. Aber er hatte das abgelehnt.

Seine Rechtfertigung lautete: *„Auch Jesus hatte so etwas nie gemacht".* Lieber setzte er mich zu sich und las mir etwas vor. Er war in der Lage, mir stundenlang verschiedene Geschichten und Gedichte vorzutragen, und ich sog alles in mich hinein. Mit den Augen, dem Herz und der Seele. Wenn er innehielt, bat ich ihn:

"Komm schon Opa, lies weiter. Mehr, bitte noch mehr"...

Und er würde dann zufrieden weiterlesen. Weder ich noch er konnten von den Geschichten und Gedichten je genug kriegen.

Er war kein Verächter von guten Getränken. Neben dem Haus befand sich ein Holzspeicher auf festen, dicken Holzsäulen aufgestellt. Das war sein Paradies. Darin errichtete er sich ein Holzbett, legte einen Strohsack hinein, darüber eine Wolldecke und schlief dort, den Winter ausgenommen, das ganze Jahr hindurch.

Gegenüber von seinem Bett stellte er ein Fass mit Wein griffbereit auf, mit Zapfhahn, aber auch einem dünnen eingesteckten Gummischlauch, womit er den Wein direkt in langen Zügen ohne Glas schlürfen konnte, was oftmals mit einem Besäufnis endete. Dann würde er seine Lieblings-Opanken ausziehen, seinen gewebten Beutel, in den er Speck, Brot, Wein und ein kleines Messer steckte, an einen Stock hängen, diesen dann schultern und sich so ohne Schuhwerk zu Fuß in die etwa zehn Kilometer entfernte Stadt aufmachen.

Es war wirklich wundersam, einen solchen Greis mit langem Haar und Vollbart barfuß des Weges schreiten zu sehen, der nichts und niemanden beachtete. Nun, wenn ich mich dessen entsinne, geht mir durch den Kopf, dass ihm in solchen Augenblicken einzig wichtig war, dass seine Erscheinung nicht nur Jesus so sehr ähnelte, sondern gar selbst an diesen erinnerte.

Ehrlich gesagt entsprach dies halbwegs der Wahrheit. Etwas Ähnlichkeit bestand in der Tat. Normalerweise pflegte er nach zwei Tagen nach Hause zurückzukehren und niemand wagte es jemals, ihn zu fragen, wo er gewesen sei noch was er getan habe. Nach solchen Ausflügen schloss er sich in seinen Holzspeicher ein, ersann und schrieb neue Geschichten und lustige Gedichte nieder.

Auch jetzt noch kann ich mich gut daran erinnern, wie sehr ich lachen musste, als er mir ein Liedchen vortrug, das er während seinem Krankenhausaufenthalt verfasste, weil ihn ein Holzspan ins Auge getroffen hatte, weswegen er auf diesem Auge blind wurde.

Es ging ungefähr so: *In meinem Großen Hain, fiel mir ein Span ins Aug` hinein ...Habe meine Frau Kata, die Eule, schlafe aber trotzdem in der Scheune. Hab` kein Huhn noch Ente. Weder Gehalt, noch Rente...*

Des Winters zog er tatsächlich in die Scheune um. Es war ein kleines, schönes Holzhäuschen mit einem einzigen Raum, worin sich ein Holzbett, selbstverständlich wieder mit Strohsack, ein Tisch und ein Stuhl befanden.

Auf dem Tisch lag ein Haufen Bücher, die er immer wieder aufs Neue las und niemand durfte sie auch nur anrühren. Nicht einmal Großmutter. Nur ich allein.

"Wohlan Opas Schmuckstück", wusste er mir zu sagen, während er mit seinem scharfen kleinen Messer den hausgemachten Speck in dünne Streifen schnitt, die ich genussvoll verputzte, "lass uns lesen".

Sein Vorlesen versetzte mich in Entzückung. Stundenlang lauschte ich von Feen, Elfen und Hexen.

Gerne half ich meinen Großeltern bei den anfälligen Stallarbeiten. Sie hatten viele Nutztiere. Kühe, Schafe, Schweine und einige Hühner, die regelmäßig Eier legten. Auf dem Scheunendachboden lag viel Heu. Ich liebte diesen Geruch. Immerzu stieg ich die Holzleiter zum Dachboden hinauf, um die Eier einzusammeln und aufs Neue den Duft des Heus zu erspüren, der an meiner Kleidung haften blieb, während ich mich darauf wälzte.

Als kleines Mädchen genoss ich Sommer für Sommer die Zeit bei ihnen auf dem Dorf und konnte die nächsten Ferien kaum erwarten.

* * * * *

Unser Leben verlief jedoch vollkommen anders...

Wir lebten im Vorort einer Kleinstadt, eingebettet in einen Talkessel. Mit einer Seite grenzte sie an ein Gebirgsmassiv, das über der Stadt ragte und nächtens gewaltig und erschreckend

anmutete. Tagsüber konnte ich mich des Eindruckes nicht erwehren, dass der Berg da stünde, um uns mit seinen riesigen
Armen aus Bäumen, Waldlichtungen und Felsen, zu umarmen, um uns zu schützen.

Manchmal vor dem Regen, streckte ich meine Arme in seine Richtung, weil es mir dünkte, ich könnte ihn mit meiner
kleinen Hand anfassen und liebkosen. Durch die Stadt schlän-
gelte ein seichtes Flüsschen hindurch, aber hin und wieder,
wenn es lange regnete und die schnellen Bergbäche, die darin
mündeten, anschwollen, stieg dieser kleine Fluss an und trat
über die Ufer, wobei er große Probleme verursachte.

Wir wohnten in sicherer Entfernung zu ihm, so dass wir
uns vor Überschwemmungen nicht fürchten mussten. Unser Haus war nicht allzu groß und bestand nur aus zwei
Zimmern und einer Küche. Wir lebten zu fünft darin wie
zusammengepfercht.

In der kleineren Kammer schliefen meine Eltern, und in
der zweiten, meine beiden Brüder, Mitar und Mihailo, zusammen mit mir. Im Verhältnis zum Rest des Hauses war die Küche ungewöhnlich groß. Der Boden war aus Linoleum, den ich
jeden Tag wischte, weil er *glänzen musste*.

Der Holzofen brannte fast ununterbrochen. Wir hatten
auch einen Elektroherd, den wir selten benutzten, da *Strom
teuer war*. Vor dem Fenster hing eine wunderschöne Gardine,
die ich über alles liebte, da wir sie von meiner Tante, die in
Frankreich lebte, bekommen haben.

Diese gute Tante von mir, Mutters Schwester, brachte uns
stets schöne Dinge mit: Bettzeug, Gardinen, Kleider, und wir
alle freuten uns immer über ihren Besuch.

Aus der Küche führte eine Tür in die Abstellkammer, die
winzig klein war, aber dafür gab es darin alles im Überfluss.
Mutti legte regelmäßig Wintervorräte an, kochte Marmelade,
Konfitüre, presste Säfte aus allen möglichen Obstsorten. Das
alles bereitete sie alleine zu.

Auf die Zeit des Konfitüre-Kochens freute ich mich jedes
Mal sehr. Ich labte mich in diesen wundervollen Gerüchen von
Obst und stand Mutter gerne zur Seite. Aus einer Ecke der Ab-

stellkammer lächelten uns immer ein Kartoffel- und ein Zwiebelsack entgegen. Wenn die Speisekammer damit gefüllt war, konnte Mama sicher gehen, dass wir nicht an Hunger leiden müssten.

Von einem Nagel an der Wand hing ein fest zusammengeflochtener Kranz Knoblauch und ein Bund frisch getrockneten Basilikums herab. Die gold-gelben Quitten versprühten von dem obersten Regalbrett einen Geruch von Sommer, und daneben standen immer einige Flaschen selbstgebrannten Schnapses.

Der Sliwowitz durfte im Haus nie zur Neige gehen. Vater sagte des Öfteren, dass ihm Schnaps wichtiger wäre als Brot! Auf einem Regalbrett glänzten die Flaschen mit passierten Tomaten.

Ich erinnere mich, dass ab und an die eine oder andere Glasflasche nach dem Kochen übergärte oder wie Mama es nannte *aufschrie*, und daraufhin *explodierte*, alles verspritzte und die Abstellkammer in einen echten Saustall verwandelte. Mutter schimpfte dann und fluchte lauthals, und belegte tobend *alles Heilige im Himmel mit Verwünschungen*.

Den größten Teil des Zimmers nahm ein Ehebett ein, in dem meine zwei Brüder gemeinsam mit mir, wie Sardinen aneinander gepfercht, in den Schlaf sanken. Das Zimmer war gerade einmal so groß, dass es Platz genug für dieses Bett und einen dreiflügeligen Schrank bot, von dem uns ebenso wie in der Speisekammer, reife aneinandergereihte Quitten anlächelten, von deren Duftwolke das gesamte Zimmer durchflutet war. Die Holzdielen waren um das Bett herum von drei Seiten mit gestreiften Flickenteppichen bedeckt, gewebt von den Händen meiner fleißigen Oma mütterlicherseits.

Unsere Familie lebte in ziemlich ärmlichen Verhältnissen und wir konnten uns nichts Besseres leisten. Wir waren sogar glücklich, auch das zu haben. Viele unserer Bekannten, mussten zu den gewaltigen Lebenshaltungskosten und der Bedürftigkeit, auch noch Miete zahlen. Ihnen erging es noch schlechter.

Nur Vater ging in unserer Familie einer Beschäftigung nach. An allen Ecken mangelte es an Geld. Häufig kam es vor, dass wir nicht einmal Geld für Grundmittel hatten. Mit Ach und Krach schafften wir es über die Runden zu kommen, und uns, wie mir schien, von Monatsanfang bis Monatsende durchzuboxen, wahrscheinlich genauso wie viele andere Familien zu jener Zeit auch. Natürlich gab es auch solche, die viel besser lebten als wir. Mit Leuten von diesem Schlag verkehrten wir jedoch nicht.

* * * * *

Im Unterschied zu mir war mein älterer Bruder Mihailo ein stämmiger Junge, etwas beleibt, dennoch hübsch und gutmütig. Aus meiner Kindheit hatte sich ein Bild von ihm im Gedächtnis fest eingeprägt, wie er mit vorstehendem Bäuchlein unter seinem bunten verschlissenem Pullover, dastand, mit auf die Taille gestützten Händen, sowie in kniehohen Gummistiefeln eingesteckten Hosenbeinen. Ich könnte schwören, er hätte sie immer getragen, des Winters gewiss, und im Sommer ziemlich oft.

Er hatte dunkles Haar, und Augen, schwarz wie die Nacht. Bis mein Bruder und ich auf die Welt kamen, wuchs er als Erstgeborener umsorgt von überschwänglicher Liebe der Mutter heran, zu der er als Kleinkind eine besondere Bindung aufgebaut hatte.

Er wurde zu strengem Gehorsam erzogen und dazu, sich nie den Eltern zu widersetzen. Womöglich gerade deswegen, wuchs er zu einem äußerst scheuen, extrem empfindlichen und emotiven Jungen heran, mit der gütigsten Seele der Welt.

Alle, die ihn kannten, fühlten seine Empfindsamkeit und Güte, aber viele, wie es so oft im Leben läuft, missbrauchten und nutzten sie aus. Er war nicht in der Lage, sich jemandem zu widersetzen und sich seine Rechte zu erkämpfen, nicht einmal unter seinen Freunden. Deshalb zog er sich zumeist im Hintergrund zurück, währenddessen seine Gleichaltrigen schon *coole Jungs* spielten und sich in der Clique behaupteten, indem sie die Schwächeren und Zurückgezogeneren piesackten.

Zu allem Übel trieben seine Eigenschaften Vater zum Wahnsinn, so dass ihn jedes Mal, wenn er von seinen Quasi-Freunden Prügel bezogen hatte, daheim dasselbe von Vater erwartete, der sich über seine Unbeholfenheit aufregte.

"Hast du denn keine Fäuste, um dich zu wehren, du Tollpatsch?!", brüllte er ihn an.

Und dann hörte man ein - Klatsch!

Auf Mihailos Wange zeichneten sich die Fingerabdrücke von Vaters Ohrfeige ab. Mihailo fasste sich an die rote Backe und suchte weinend das Weite in seinem Versteck hinterm Haus, um nicht noch mehr abzubekommen, denn er wusste, wenn Vater ihn tränenüberströmt vorfände, drohten ihm richtige Prügel.

Unser Vater hatte einen jähzornigen Charakter, in gleichem Maße wie seine Mutter, unsere Oma, die wir nicht liebten. Seine Wut ließ er für jede Kleinigkeit, die ihm über die Leber lief, an uns aus, meistens an Mihailo, obgleich der arme Junge Problemen stets aus dem Weg ging.

Wenn Mitar, mein jüngerer Bruder, und ich, einen Narrenstreich anstellten, zog er sich immer abseits zurück, aus Angst vor Vater.

"Habt ihr den Verstand verloren? Wenn Papa euch sieht, seid ihr dran!!!" - schrie er panisch, versuchte uns aber nie zu schlagen.

Wir scherten uns überhaupt nicht um sein Geschrei. Schließlich, wenn es für uns Jüngere Schläge gab, bekam er sie auch, da er als älterer Bruder nicht gut genug auf uns aufgepasst hatte.

Ich denke an eine Situation zurück, die uns unserer Unvernunft wegen hätte ganz schön teuer zu stehen kommen können.

In dem Zimmer, wo wir drei schliefen, hatte Vater auf den Schrank neben die verführerischen Quitten auch eine Flasche seines obligaten Schnapses gestellt, die er jener Tage von einem Kollegen bekommen hatte, als dieser uns mit seiner Frau besuchen kam.

Vater und Mutter gingen in die Stadt, um neue Steppdecken zu kaufen, da die unsrigen schon zerrissen waren, so dass durch den roten Stoff, der sie umsäumte, zu allen Seiten hin die synthetische Wolle, mit denen sie gefüllt waren, herausquoll. Für mich und Mitar war diese weiche, watteähnliche lockere Masse interessant, so dass wir immer daran zupften und sie für alles Mögliche benutzten, angefangen von allerlei Spielereien bis hin zum Schuhe putzen. Es dauerte nicht lange, und die Decken waren voller Löcher und teils fast leer. Deshalb mussten neue her.

Während unsere Eltern beim Einkaufen waren, blieben wir allein zurück. Mitar und ich, immer spielbegierig, luden flugs drei Nachbarskinder zu uns ins Haus ein. Wir waren eine buntgemischte, kleine Bande im Alter von fünf bis zehn. Anfangs nörgelte Mihailo gewohnheitsmäßig, dann aber stellte er sich zur Seite, schaute zu und bekreuzigte sich.

Einem von uns kam mit der Zeit die Idee, Vaters Schnapsflasche vom Schrank zu nehmen, zu öffnen und daran zu kosten. Mihailo protestierte prompt:

"Ihr seid doch nicht normal! Wenn Vater es bemerkt, bringt er uns um!" Aber Mitar hatte sofort eine Lösung parat:

"Ach lass doch, dauernd musst du rumquengeln! Wir füllen Wasser nach! Als ob er es merken würde. Er hat ihn noch nicht einmal probiert, woher weiß er, wie er schmeckt."

Schluck um Schluck tranken wir fast die Flasche leer und waren alle, ausgenommen Mihailo, betrunken. Wir kicherten und hüpften auf dem Bett herum, so klein und wild wie wir waren, bis die Bretter, die die Matratzen trugen, brachen und alles auf dem Boden landete.

Nicht einmal das reichte uns, so dass jemand den Vorschlag machte, das Rauchen auszuprobieren, so wie Erwachsene. Da wir keine Zigaretten hatten, rollten wir altes Zeitungspapier auf. Wir öffneten auf der Herdplatte den großen Ringdeckel, durch den man größere Holzscheite in den Ofen hineinwarf, die nicht durch die Ofentür passten und *zogen an der gewickelten Papierrolle* als zündeten wir Zigaretten an. Mich stachelten sie an, erste zu sein. Die Flamme stach durch das Papier hindurch, meine *Zigarette* ging in Flammen auf und verbrannte meine Augenbrauen. Ich schrie wie am Spieß, und die gesamte Küche *stank* nach meinen versengten Augenbrauen. Genauso, wie wenn Vater nach dem Schweineschlachten die Schweineborsten *abflammte*.

Als die Eltern zurückkamen, brach für uns die echte *Hölle* aus. Sie hatten auch kein Mitleid, dass wir uns so übel fühlten und fortdauernd den getrunkenen Schnaps erbrechen mussten, noch dass mir Tränen wegen der verbrannten Augenbrauen liefen. Wir bekamen solche Prügel, dass ich mich sogar heute noch daran erinnern kann, doch ich weiß, dass sie im Recht waren. Jetzt bin ich mir dessen bewusst, wie tragisch es hätte enden können.

Selbstverständlich bekam Mihailo wieder das meiste ab...

* * * * *

Mein jüngerer Bruder Mitar war das pure Gegenteil zu Mihailo. Klein, schmächtig, keck, aufbrausend. Immer mussten alle nach seiner Pfeife tanzen, sonst wäre im Haus Chaos ausgebrochen. Er war das Ebenbild Vaters. Die Augen und der Blick von ihm, *seinesgleichen, wie aus dem Gesicht geschnitten.* Natürlich glich er ihm auch vom Wesen her. Stets dachte er zuerst an sich. Er scherte sich kein bisschen darum, ob Mihailo oder ich etwas brauchten. Wenn er sich in den Kopf gesetzt hatte, etwas zu kriegen, wusste er auch, wie er es erreichen konnte.

Zunächst legte er mit einer Geschichte los, die schon erahnen ließ, was er vorhatte. Danach folgten Schmeicheleien und Versuche des Einschmeichelns, und wenn das nicht fruchtete, schmollte er den ganzen Tag herum und jammerte Mutter die Ohren voll und verlangte von ihr partout, ihm nachzugeben, bis er seinen Willen durchgesetzt hatte. Kein Mensch sonst interessierte ihn. Ihm war es völlig egal, ob er mit seinen Wünschen und Kapriolen jemanden verletzte. Er musste bekommen, was er wollte, und Punkt.

Mutter war ihm gegenüber stets *gelinde.* Immer fragte ich mich, weshalb bloß. Die einzige Erklärung, die ich finden konnte, war, dass er Jüngster und Papas Liebling gewesen ist. Auf eine ihr eigene Art konnte sie es ihm immer Recht machen und all seine Forderungen erfüllen. Heute noch ist mir unklar, wie. Des Öfteren sah ich sie wegen seiner unerhörten Ansprüche weinen und das schmerzte mich.

Als er noch ganz klein war, so hitzig, weinte er wegen jeder Kleinigkeit, und Mihailo und ich mussten uns um ihn kümmern, ihm alle Wünsche erfüllen, und taten wir das nicht, wussten wir, was uns blühte. Stets wollte er unbedingt genau jenes Spielzeug haben, mit dem gerade einer von uns beiden spielte. Wenn wir uns weigerten, es ihm zu geben, war schon klar, was wir zu hören bekommen würden:

"Er ist klein, gebt es ihm doch, damit er nicht weint!"

Als er etwas herangewachsen war, trug er nie Schuld an dem, was er angerichtet hatte. Schon wieder wurden wir zur Verantwortung gezogen, da wir älter waren und ihn nicht angemessen gehütet haben. Es kam auch vor, dass er mich schlug, wenn wir um etwas stritten, und dann, wenn ich versuchte, es ihm heimzuzahlen, fing er an zu schreien und zu klagen, mich dabei ununterbrochen hauend, bis Vater und Mutter kamen und mich obendrauf verprügelten. Meine Beteuerungen, dass mich keine Schuld träfe und ich nichts gemacht habe, er doch verhätschelt sei, blieben immer ohne Erfolg. Sie hielten stets zu ihm.

Er liebte es, mir und Mihailo allerlei üble Bosheiten zu bereiten, weil ihn das wahnsinnig *belustigte*. Einer davon endete für Mihailo ziemlich schmerzhaft und natürlich traumatisch.

Auf einem Grundstück, das bis dahin nur Brachland gewesen ist, auf dem wir Kinder spielten, begannen die Leute, die es gekauft haben, ein Haus zu bauen. Zu dieser Zeit kaufte man Ziegelsteine selten. Hauptsächlich wurden diese aus Erde und Wasser per Hand hergestellt, gerührt, in Formen gegossen, und dann errichtete man kleine Ziegelöfen, in denen sie gebrannt wurden. Dasselbe galt auch für den Kalk, den man zum Hausbau benötigte. Kalkstein wurde gebröckelt, dann in Mulden, die in die Erde gegraben wurden, hineingeworfen, gebrannt, und nach dem Abkühlen, mit Wasser *gelöscht* und auf diese Weise gewann man Kalkmasse, die weiter verwendet wurde.

Dementsprechend befanden sich auf diesem Grundstück sowohl eine Ziegelei als auch eine Kalkgrube. Der Hausbau ging verständlicherweise langsam voran, so dass wir weiterhin dort spielten, wenn die Handwerker nicht arbeiteten. Natürlich bereitete es Mihailo Sorgen, weil wir diesen Platz zum Spielen nutzten und ihm bangte davor, die Arbeiter, Eigentümer, Mama oder Papa könnten auftauchen. Ich und meine Freundinnen kümmerten uns nicht sonderlich darum, aber Mitar war von Mihailos *Gemecker* genervt, und brütete und heckte tagelang aus, wie er ihm eins auswischen und ihn zügeln könnte.

Über der Kalkgrube häufte er Zweige mit frischen Blättern an und verdeckte alles so, dass die Grube nicht mehr zu erkennen war. Er spielte neben einem unechten aus Gestrüpp errichteten *Busch*. Mihailo war wiederum *besorgt*, und ich befand mich am ganz anderen Ende des Grundstücks. Dann erschallte Mitars Geheul:

"Aua, Wespen! Wespen! Ein ganzer Schwarm! Sie stechen! Auaaa, es tut weh!"

Mihailo, gutmütig wie er war, kam in seine Richtung geschossen und fiel blindlings in die Kalkgrube hinein. Zum Glück war der Kalk gelöscht und die Grube nicht allzu tief.

Krabbelnd und beim Versuch sich aus dem Gezweig zu befreien, mit dem Mitar die Grube überdeckt hatte, wurde er ganz weiß, wie getüncht, mitsamt Gesicht und den Haaren. Und alle lachten ihn natürlich aus. Aber das Problem kam erst auf, nachdem er endlich aus dem Loch herausgekrochen war und das rechte Bein nicht mehr aufsetzen konnte. Er brach in Tränen aus, da er sich nicht einmal darauf stützen konnte. Mit Mühe brachten wir ihn nach Hause. Und selbstverständlich gab es von Vater wieder furchtbare Schelte, weil er ein *gewöhnlicher Trottel und Dussel* ist. Mutter tat er leid, da er sich den Fuß verstaucht hatte, jedoch nahm keiner Notiz von Mitars Missetat.

Auch später als er älter wurde, scherte sich Mitar nicht allzu sehr um andere. Wichtig für ihn war nur, *sich zurechtzumachen* und sich immer schön einzukleiden, was in unserem Haus fast ein Ding der Unmöglichkeit war.

Schon als Grundschüler eilte ihm der Ruf eines kleinen Charmeurs voraus, der so das Interesse der Mädchen auf sich zog und recht früh damit begann, sich mit ihnen zu verabreden. Er genoss seinen Ruf als Verführer sichtlich.

* * * * *

Ich jedoch war ein dürres Mädchen, mit dunkler Hautfarbe und großen neugierigen, grün-braunen Augen, das sich selbst ziemlich gewöhnlich und uninteressant fand. Als ich noch klein war, gefielen mir Mädchen, die zurechtgemacht und aufgeputzt waren, die ihre Haare mit großen roten Schleifen verzierten, lackierte Schuhe trugen, und an ihre blauen Schulschürzen, weiße, gehäkelte und gestärkte Kragen anlegten.

Eben alles, was ich niemals besaß. Mein Haar band ich mit Gummis zusammen, die von den Wintervorräten übriggeblieben oder von einem verbrauchten Gurkenglas entfernt worden waren. Meine Schuhe, falls neu, eilten mir immer um ein oder zwei Größen voraus, da Vater meinte, dass meine Füße im nächsten Jahr sicher noch wachsen würden, oder ich trug Schuhe, die zwei, manchmal auch drei Jahre alt und deshalb lumpig und zerrissen waren, wenngleich sie ohne Rücksicht auf ihr Alter immer sauber und poliert sein mussten.

Die Schulschürze betreffend, hatte ich während meiner Schulzeit drei an der Zahl. Eine, von der ersten bis zur vierten Klasse, die nächste, von der fünften bis zur achten und eine bis zum Abschluss der Mittelschule. An keiner hatte ich je einen weißen, gehäkelten und gestärkten Kragen. Mit den Schultaschen sah es nicht besser aus. Für jeden dieser drei Schulabschnitte stand mir eine Tasche zu, außer in Situationen, wenn eine von ihnen völlig unbrauchbar wurde.

Genau dazu kam es eines Winters, als ich mich schrecklich nach den wunderschönen, braunen Lederstiefeln sehnte, wie sie meine beste Freundin besaß. Ich bekam sie nie, da es natürlich an Geld fehlte, um sie mir zu kaufen. An ihrer statt, bekam ich, wie jeden Winter, kniehohe Gummistiefel, natürlich um eine Nummer größer.

Meine Grundschule befand sich auf einem Berg und bei normalen Witterungsverhältnissen war es kein Problem dorthin zu gelangen. Doch wenn der Winter einsetzte, glich das für mich einer Heldentat. Mit Gummistiefeln einen spiegelglatten, vereisten Weg hochzusteigen, stellte ein erhebliches Problem dar. Bergauf schaffte ich es irgendwie zu staksen, indem ich mich an den Zäunen der unmittelbar am Wegesrand aneinandergereihten Häuser festhielt. Aber hinunter zu schlittern war ein Ding der Unmöglichkeit. Vor lauter Stürzen, rutschte ich mehr auf meinem Hintern als ich auf den Beinen verbrachte. Und dann durchfuhr mich *der Geistesblitz.*

Ich setzte mich auf den Ranzen und rutschte darauf bis zum Straßenende hinunter, und sobald Gefahr drohte, vom Weg abzukommen oder gegen etwas zu stoßen, dienten mir meine Stiefelabsätze als Bremsen. Meine *Erfindung* funktionierte tagelang einwandfrei, aber die Sohlen an meinen Stiefeln waren natürlich in Windeseile, abgenutzt und auch die Tasche wurde in Mitleidenschaft gezogen. Anfangs wunderte sich Vater nur und fragte, was mit meinen Sachen vor sich ging:

"Ist es denn möglich, dass in diesem Land nur minderwertige Produkte hergestellt werden? Kindchen, es scheint als würdest du jeden Tag an diesen Stiefeln und dem Schulranzen knabbern!"

Mitar musste ich natürlich bestechen, um mich bei Vater nicht zu verraten.

Dennoch währte es nicht lange, da Vater schnell begriff, was von statten ging, was mich teuer zu stehen kam. An diese Prügel sollte ich noch lange zurückdenken.

Niemals war ich eifersüchtig auf jene Mädchen, die viel mehr besaßen als ich, hatte auch keine Komplexe oder Minderwertigkeitsgefühle ihnen gegenüber. Ich wusste mich und meine mir anhaftenden Qualitäten zu schätzen, ohne Rücksicht darauf, ob andere sie bemerkten oder billigten. Ich schritt immer hoch erhobenen Hauptes, stolz, als gehörte die ganze Welt mir. Ebenso war ich immer von vielen Freunden und Freundinnen umringt, weil ich kommunikativ, für viele auch interessant und lustig war.

Einerlei, wie ich mich selbst erlebte als ich noch klein war, rühmten viele meine Schönheit. Ein Onkel von mir, nannte mich, meinem dunklen Teint und, wie er mit Begeisterung oft erzählte, meiner *ausgelassenen Schönheit* wegen *Zigeunermädchen.*

Nachdem ich etwas herangewachsen war, wurde meine Haut heller. Mein braunes Haar war durchzogen von hellen, goldschimmernden Strähnchen. Mit der Zeit wurde ich selbst meines Aussehens bewusst. Mir blieb nicht verborgen, dass ich schön war, was meinem Ego schmeichelte.

Und als kleines Mädchen, ließ ich meiner Fantasie freien Lauf und malte mir unentwegt ein besseres Leben als gehabt aus. Wahrscheinlich der Märchen über Feen und Prinzessinnen wegen, die mein Opa mir vorlas, stellte ich mir mich als Prinzessin vor, auf einem reichen Schloss, wie ich durch mein riesengroßes Gemach schreite, in wundervollen seidenen Krinolinen, mich im großen Spiegel betrachte oder in einem Baldachinbett herumliege und darauf warte, dass mein Prinz von der Jagd zurückkehrt ...

Kinderträumereien können in der Tat großartig, weitreichend und grenzenlos sein. Während ich eine Wiese überquerte, was mindestens zehn Minuten Fußweg bis zur Hauptstraße, die zur Schule führte, bedeutete, befand ich mich in einer Art eigenen Welt, einer Welt des Wohlstandes, in der immer alles schön und fröhlich anmutete.

In Gedanken hallen heute noch die Worte meiner Lehrerin Ljubica nach: "Kinder, wenn ihr daheim seid, nichts zu tun habt, oder zumindest vor dem Einschlafen, nehmt euch wenigstens fünfzehn Minuten Zeit für Traumgebilde. Das ist im Leben sehr wichtig. In euren Fantasiewelten könnt ihr sein und haben, was immer ihr euch wünscht: Prinzen und Prinzessinnen, Ballerinen, Piloten, Generäle, Ärzte, eine eigene Jacht besitzen, den schönsten Prinzen hoch zu weißem Ross erobern. In eurer Vorstellung ist alles nach eurem Wunsch, und keiner kann euch das wegnehmen. Was jedoch am wichtigsten ist, wenn ihr euch in eurer Imagination etwas von ganzem Herzen wünscht, könnte dieses Wunschbild eines Tages in Erfüllung gehen."

Danach richtete ich mich. Jeden Tag gab ich mich Träumereien hin. Und meine Fantasie war ausgesprochen lebhaft. Aber die Rückkehr aus meinen wunderbaren, rosaroten Träumen war immer traurig und jämmerlich.

* * * * *

Selbstverständlich war Vater das Haupt des Hauses. Ihm oblag das letzte Wort bei allen zu treffenden Entscheidungen. Er wollte immer gefragt werden. Wenn jedoch etwas schief lief oder nicht seinen Erwartungen entsprach, trug er nie die Schuld daran. Ging es um große Angelegenheiten oder um uns Kinder, war Mutter immer der *Sündenbock*.

Vater war korpulent, mit sonderbar dürren Beinen, dafür aber schönem Gesicht. Sein Blick war streng als auch stechend durchdringend, und es schien, er könne damit bei seinen Wutausbrüchen töten. Alle im Haus mussten ihm ohne Wiederrede gehorchen, und je nach Laune erduldete einer mehr, der andere weniger, seine Schläge.

Er trank gerne mal einen über den Durst. Jeden Tag musste er zum Morgenkaffee, vor dem Mittagessen und nach dem Mittagsnickerchen ein *Schnäpschen* trinken, was niemals nur bei einem endete. Es verstand sich von selbst, dass man auch trinken musste, wenn jemand zu Besuch kam, und des Öfteren machte er mit seinen Kollegen und Freunden einen Abstecher in eine der Kneipen, wieder *um einen zu kippen*. So kam es, dass er häufig besoffen war, wonach er noch gewaltbereiter und schlimmer wurde. Wir waren mucksmäuschenstill und gingen ihm dann nur aus dem Weg.

Er arbeitete als Pförtner bei einem Transportunternehmen und machte ziemlich häufig die Nachtschicht. Morgens kam er nervös und zornig nach Hause, so dass wir besonders achtgeben mussten, ihn nicht durch etwas in Rage zu bringen oder ihm zufällig *in die Quere zu kommen*. So wütend und unausgeschlafen, rutschte ihm leicht die Hand aus. Da wir uns dessen bewusst waren, machten wir uns in solchen Situationen immer aus dem Staub, *jeder seiner Arbeit nachgehend*.

Er litt unter Bluthochdruck, weshalb Mutter sich daran machte, den Schnaps vor ihm zu verstecken. Wenn sie ihm nichts mehr zu trinken gab, ging er zu den Nachbarn und betrank sich dort, woraufhin wir daheim alle vor seiner Rückkehr und seinen Wutausbrüchen bibberten. Ansonsten war er ständig wegen etwas erbost oder mürrisch.

Manchmal, ziemlich selten, vor allem, wenn Besuch kam, wusste er sich auch fröhlich zu zeigen, war sogar zu Späßen aufgelegt. Deshalb glaubten die Leute, er sei ein gutherziger Mensch. Alle wussten, dass er ein wenig jähzornig war, da er dies nicht überspielen konnte, aber dennoch dachten die meisten, er wäre im Grunde ein gutmütiger Mensch voller Lebenslust.

Nun, wenn ich über ihn nachdenke und versuchen möchte, Rechtfertigungen für manche seiner Charakterzüge und Handlungen zu finden, kann ich mich manchmal des Gedankens nicht erwehren, er wäre vielleicht auch anders geraten, hätte er keine Probleme mit seinem Rücken gehabt. Wenn die Schmerzen für ihn unerträglich wurden, schauten wir zu, nicht in seiner Nähe zu weilen, um nicht den Ranzen vollzukriegen. Dann nämlich verwandelte er sich in einen tollwütigen Wolf.

Ich entsinne mich, als er bei einem seiner Wutausbrüche, alle Tomatenstauden im Garten herausriss, da die Spatzen diese angepickt hatten. Natürlich trug Mutter auch dafür die Schuld. Er tobte und schrie sie an. Er beschimpfte sie, wie man in meiner Gegend zu sagen pflegte, *Gift und Galle spuckend*, warum sie nicht im Garten gesessen sei und die Tomaten gehütet habe.

Sie schwieg nur. Wir alle wussten, dass sie noch gut davongekommen war, da sie zumindest keine Prügel einstecken musste.

* * * * *

Nach Maßstäben jener Zeit, galt meine Mutter als eine schöne Frau. Sie hatte natürlich gewelltes Haar und schwarze Augen. Obwohl sie ein rundliches, wohl geformtes Gesicht hatte, war es fast immer vor Müdigkeit und ständigen Sorgen ausgelaugt, so dass sie oft leblos wirkte. Sie war etwas fülliger, jedoch gut gebaut. Immer achtete sie auf ihre Sauberkeit, und wenn sie sich nur ein bisschen zurechtmachte, stand sie einer richtigen Dame in nichts hinterher.

Von strengen Richtlinien geleitet, knechtete sie vielen Lebensprinzipien hinterher. Deshalb war sie allzeit bereit, alles und jeden zu kritisieren und allen Ratschläge zu erteilen, was sie tun und lassen sollten und was für den einen gut und den anderen besser wäre, womit sie die Menschen von sich scheuchte. In der Nachbarschaft gab es immer jemanden, der nicht gut genug war, mit dem nicht geredet wurde und mit dem natürlich auch ihre Kinder *nichts zu tun haben durften.*

Zu oft legte sie ihren Missmut an den Tag und versprühte zuhauf negative Energie um sich herum. Solche Tage, an denen diese Verdrossenheit zum Ausdruck kam, hasste ich sehr. Wenn sie manchmal lächelte, was äußerst selten vorkam, leuchteten ihre Augen auf, bekam sie weichere Gesichtszüge und dann erschien sie mir wie eine wahrhaftige Schönheit. Sehnsüchtig wollte ich immer solch eine Mutter haben, und nicht die mürrische und gehässige. Hätte sie nicht diese, ihr eigene, stählerne Kühle und Schärfe im Blick, würden alle, sie stets als schöne und liebenswerte Frau erachten.

Trotz aller Bedürftigkeit, die uns durchs Leben begleitete, sorgte sie dafür, dass wir immer etwas Warmes auf den Tisch vorgesetzt bekamen. Ärmlich, aber schmackhaft. Mutter liebte es, zu kochen und zu backen. Jeden Tag rührte sie Brot an, und da neben Kartoffeln und Zwiebeln, Mehl zu den Nahrungsmitteln gehörte, die immer im Haus vorrätig sein mussten, bereitete sie häufig Teigspeisen zu: Krapfen, Berliner, rollte Pita-Teig aus, rührte Teig für Gipfel an, und manchmal, wenn sie Lust hatte, machte sie Pfannkuchen für uns. Aus unserem Haus breitete sich jeden Morgen, seit der frühen Dämmerung, der Duft gebratener *Teigfetzchen* aus. Mutter bereitete sie aus Überresten des Teiges, den sie für das Brot angerührt hatte. Flink würde sie den aufgegangenen Teig ausrollen, in viereckige Stückchen schneiden, jedes Teilchen anritzen und die so zugeschnittenen Fetzen in heißes Schmalzfett werfen. Öl gehörte für uns damals zu den Luxusgütern. Die Fetzen brutzelten im heißen Fett, liefen auf, in der mittleren Ritze bildete sich ein Loch, und wenn sie goldbraun wurden, nahm Mutter sie heraus und schichtete sie in eine große weiße, rotgepunktete Schüssel. Noch warm schnappten wir sie uns aus der Schüssel, beschmierten sie mit Marmelade und verspeisten sie. So gestaltete sich unser tägliches Frühstück, bevor wir uns auf den Schulweg machten.

Nicht, dass ich diese nicht mochte. Ich liebte, wie sehr liebte ich ihn gar, diesen Duft, den die gebratenen Fetzchen jeden Morgen im Haus verströmten. Es war mir bewusst, dass sie morgens nach dem Aufstehen auf dem Tisch lagen und diese Duftnote verfolgt mich auch heute noch. Das ist der Geruch meiner Kindheit. Meine Mutti, wie sehr sie von Natur aus auch grimmig war, gab in dieser Hinsicht alles von sich. Aus nichts zauberte sie immer etwas, da sie sehr gut im Kochen und Backen war. Aber, es herrschte Mangel, und bei uns, so kam es mir zumindest damals vor, war nichts genauso wie bei den anderen.

Wenn ich mich zur Schule aufmachte, kehrte ich bei meiner Schulfreundin Svetlana ein. Selbstverständlich musste ich wie für gewöhnlich auf sie warten, da sie beim Frühstück immer *herumtrödelte* und *herumstocherte*. Und natürlich hörte ich ihre Mutter sie allmorgendlich anbetteln:

"Komm schon, Schätzchen, Liebes, iss was. Komm doch, deiner Mutter zuliebe, bitte!"

Und vor ihr auf dem Tisch lag von allem in Hülle und Fülle zuhauf ausgebreitet. All dem, nach dem ich lechzte und es zumindest gerne mal probieren wollte.

Mir lief das Wasser im Mund zusammen. Man konnte nichts beanstanden, ihre Mutter bot auch mir immer etwas an, aber ich habe genauso, wie Mama mir eingetrichtert hatte, dass sich gut erzogene Mädchen zu benehmen hätten, immerzu erwidert:

"Oh nein, ich kann nicht Tante Slavka, ich habe mir heute Morgen den Bauch redlich vollgeschlagen. Gerade eben habe ich gefrühstückt. Wirklich, ich kriege keinen Happen runter!"

Darin steckte ja auch Wahrheit, aber ebenso, wie satt ich auch immer gewesen bin, hätte ich mich nur nicht geniert und dürfte ich es, *verputzte* ich genüsslich alles was auf dem Tische lag.

Svetlana gab ich keine Schuld daran, dass sie mit besserer Kost verwöhnt wurde als auch schönere Kleider besaß.

Im Stillen trauerte ich vor mich hin und fragte mich, weshalb auch wir nicht so viel haben konnten wie andere. Da ich noch Kind war, wollte mir das einfach nicht in den Kopf gehen. Auch von meinen Eltern bekam ich keine Antwort auf diese Frage. Der einzige Kommentar Vaters lautete stets: "Haben wir nicht und Schluss! Ich bin Alleinverdiener, und wir sind zu fünft im Haus. Fünf Mäuler muss man satt kriegen, ich habe jedoch nicht mehr als zehn Finger an den Händen!"

Wie komisch mir das nun auch erscheinen mag, dass ich alledem eine solche Bedeutung beigemessen hatte, entsinne ich mich noch gut daran, es damals überhaupt nicht lustig gefunden zu haben. Wir lebten dürftig und so wenig war vonnöten, damit ich diese naive, kindliche Zufriedenheit und Glückseligkeit spürte. Mich hätte wahrscheinlich schon ein gutes Essen glücklich gemacht. Jetzt sage ich mir selbst, waren das belanglose Dinge, aber zu jener Zeit hielt ich sie für lebenswichtig. Heute, da ich mir all diese schönen Dinge, die ich mir als Kind so sehr wünschte, gönnen kann, haben sie irgendwie diesen Wert verloren.

Dennoch, musste ich mir damals schon eingestehen, wie ich es auch heute zugeben muss, dass ich einer Sache wegen trotzdem immer eifersüchtig gewesen bin auf Svetlana. Doch nicht wegen dem, was sie zum Ankleiden und Essen hatte, sondern der Zärtlichkeit und Liebe wegen, die ihre Mutter ihr spendete, und derer ich dermaßen entbehrte.

Wir Kinder konnten kaum unsere Familienfeier, den Tag unseres Hauspatrons, des Heiligen Georg, abwarten. Über das Jahr hinweg konnte auch gehungert werden, aber das Familienfest musste immer gebührend gefeiert werden. An diesem Tag gab es alles in Hülle und Fülle in unserem Haus. Beginnend mit Suppe, gekochtem Fleisch, Sauerkrautwickeln und Braten, bis hin zu Torten und Kleingebäck. Nur zu dieser Zeit konnten wir essen, soviel wir begehrten. Das Wichtigste schien jedoch, Mutter war zu dieser Zeit wie ausgewechselt. Dieser Tage bekam man den Eindruck, entstiege sie ihrer undurchdringlichen Schale, die sie mit negativer Energie umhüllte. Aber das währte nicht lange. Wenn das Fest vorüber war, erlosch auch spurlos ihr Lächeln aus dem Gesicht.

Und wenn ich jetzt dieser Tage gedenke, fühle ich Trauer, dass sie nicht mehr Liebe und Verständnis für uns, ihre Kinder, aufbrachte, obwohl Mutter, wenn ich genauer nachdenke, nicht viele Gründe für Frohsinn und Lachen neben Vater hatte, der sie immer drangsalierte und malträtierte.

Vater, aufbrausend wie er nun mal war, erhob leicht seine Hand gegen sie, worauf sie sich nie wehrte. Es wollte mir nie in den Kopf gehen, dass sie einfach wortlos seine Tobsuchtsanfälle und Schläge erduldete. Als wäre es selbstverständlich, dass er sie schlagen sollte und auch das Recht dazu hätte, sie das alles auch noch ertragen müsste. Mein Gott, wie sehr ich ihn in solchen Augenblicken hasste! Ich glaube, dass ich ihn deshalb auch nie richtig geliebt habe.

Wenn seine Mutter, unsere Oma, zu Besuch kam, konnte man voraussehen, dass meine Mutter während ihres Aufenthaltes mindestens einmal Prügel einstecken musste. Großmutter fiel immer etwas in den Sinn, um Vater *anzustacheln* und ihn gegen sie aufzuwiegeln, ihr zumindest eine zu kleben, des Öfteren sie auch zu verdreschen. Ich kann mich erinnern, als er sie bei einer Gelegenheit geschlagen hatte, wie ich, obgleich erst um die sieben Jahre alt, ihr Weinen nicht mehr ertragen konnte und deshalb ein Schüreisen, das sich da vorgefunden hatte, ergriffen und ihm damit gegen die Beine geschlagen habe. Verdutzt hielt er inne, stierte mich an und hörte auf, sie zu prügeln. Den Rest der Schläge bekam natürlich ich ab.

Damals hasste ich ihn aus tiefster Seele heraus und in meinem Kopf dröhnte einzig der Gedanke, er sei nicht hier, mit uns. Ich wünschte ihm den Tod. Nur so hätten wir Frieden und könnten ein normales Leben führen. Ich stellte mir vor, dass es uns gut ginge, wenn wir bloß ohne ihn wären. Wie grauenvoll! Den eigenen Vater verabscheute ich.

Als ich erwachsen wurde, ja sogar jetzt, nach so vielen Jahren, erschrecke ich wegen solcher eigenen Gedanken. Erst recht dazumal, das war eine schwere Last für eine junge Kinderseele.

Jedes Mal, nachdem Vater sie vermöbelt hatte, ging Mutter in einen anderen Raum. Sie weinte, beklagte lange ihr eigenes Schicksal und verwünschte ihn:

"Mögen ihn bei Gott die Würmer fressen"

Ein Schauer durchfuhr mich, wenn ich das hörte. Kümmernis überkam mich wegen Mutter, die weinte und Verwünschungen aussprach, so dass sich in meinem Hals ein Kloß bildete, den ich nie hinunterbekam. Ich flehte Gott an, mir zu helfen, eines Tages dieses verdammte Elternhaus zu verlassen, irgendwohin weit, weit weg zu gehen und beide nie wieder sehen zu müssen. Weder den tyrannischen Vater, noch die verweinte und mürrische Mutter!

Dieser Gedanken schämte ich mich zugleich darauf. Jedes Mal, wenn ich so dachte, hasste ich auch mich selbst. Nicht nur, dass ich mich schlecht fühlte, sondern ich glaubte, ich sei in der Tat schlecht, wenn ich so denken und fühlen konnte. Dennoch suchten solche Gedanken meinen Kopf wieder und jedes Mal von neuem heim.

Wenn ich jetzt so über meine Kindheit sinniere, weiß ich nur, dass sie freudlos gewesen ist. Ohne Lachen, kindlicher Freude, Aufmerksamkeit und lieblos. Nichts Schönes wohnte ihr bei. Auch keine Erlebnisse, die des Erinnerns würdig gewesen wären. In Hülle und Fülle gab es nur klägliche und langweilige Notdurft, Entbehrung und Armut, und das übertraf lediglich der Mangel an Liebe und innere Leere. Meine einzigen schönen Kindheitserinnerungen rühren von den Ferien, die ich bei meinem lieben Opa und bei Oma mütterlicherseits auf dem Dorf verbringen durfte. Der Rest war nur emotionslose Leere, ohne Liebe, die Kinder von ihren Eltern erwarten, nach welcher sie sich sehnen und die sie letztendlich brauchen. In meiner Kindheit war Glück ein Begriff, den ich mit einem Tag in Verbindung brachte, der ohne Geschrei, Gebrüll und Prügel endete.

Deswegen trage ich auch heute noch eine gewaltige Leere in meiner Seele und den Wunsch, diese auszulöschen. Aber, das geht nicht. Ich schleppe die Last des Lebens auf eigenen Schultern und nur manchmal gelingt es mir, diese Bürde abzulegen, nämlich dann, wenn ich es schaffe, mich selbst anzulügen, dass ich es gut hatte. Nichtsdestotrotz wollte mir jemals glücken, mich dazu zu bringen, an diese Lüge zu glauben.

Viel besser ging mir das in meiner Kindheit von der Hand, als ich von der rauen Wahrheit und Realität, die mich bedrückte, in die Welt der Bücher flüchtete, in die Märchenwelt der gelesenen Romane und mir mein Leben viel fröhlicher und schöner vorstellte. Nur in dieser Welt tragen die Liebe und das Gute immer den Sieg davon. Ich redete mir ein, dass eines Tages alles besser und heiterer werden würde. Das wünschte und erhoffte ich mir. Dies waren Träume, an deren Verwirklichung ich fest glaubte. Ständig malte ich mir das aus.

Romane musste ich immer heimlich lesen. Mutter erlaubte mir das nie. Wenn sie mich entdeckte, folgten Schläge. Sie schrie sich die Kehle aus dem Hals:

"Dumme Pute, wo schwelgen deine Gedanken nur schon wieder herum? In welcher Welt lebst du denn? Du und deine blöden Romane! Nimm lieber ein Buch und lerne! Ich möchte dich nicht mehr diesen Ramsch lesen sehen!"

Dann zog sie mich obligatorisch an den Haaren, schüttelte mich heftig durch und *haute* mir schließlich *eins über die Rübe*.

Mich schmerzte, dass meine Mutter mir nie ihre Liebe gezeigt hatte. Als kleines Mädchen, das sich nach Zuwendung sehnte, nahm sie mich niemals auf den Schoß oder schmuste mit mir, wie andere Mütter es taten. Ich jedoch hatte das so bitter nötig und vermisste es. Ihrer Liebe bedurfte ich sehr, auch dass sie mich zumindest manchmal liebkoste, mit mir redete. Einzig mein Opa tat das, und deshalb konnte ich die Ferien kaum abwarten, um zu ihm aufs Dorf zu eilen, da nur er mir diese Wärme entgegenbrachte, nach der ich so sehr lechzte. In unserer Familie gab es so etwas nicht. Wann immer ich eins über den Schädel gebraten bekam oder Mutter mich an den Haaren gezogen hatte, versetzte es mir einen unerträglichen Stich. Nicht so sehr der ausgerissenen Haare wegen, sondern infolge von Mutters Grobheit und der mir fehlenden Liebe.

Jugendzeit

Nach Abschluss der Grundschule konnte ich mich nicht in die Mittelschule, die mir vorschwebte, einschreiben. Meinen Beruf und weiteren Lebensweg bestimmte Vater. Ich hatte den Wunsch, eine Lehre anzufangen und mich zur Frisöse ausbilden zu lassen. Doch meinem Vater, der sich als Gott wähnte, schwirrte etwas anderes im Kopf.

"Ja, was für eine Frisöse denn? Sollst du dein Leben lang auf fremden Köpfen herumfummeln und sie lausen!!!!! Du wirst bitte schön eine Schneiderlehre absolvieren, und wenn du sie dann abgeschlossen hast, heiraten und neben Mann und Kinder zur Ruhe kommen, denn diese Arbeit kannst du später dann auch daheim verrichten."

Ich war wütend und hasste ihn in solchen Momenten, aber gegen seinen Willen konnte man nichts anrichten. Er hatte so entschieden und das war gebongt. Über dieses Thema gab es keine Diskussionen mehr.

In der Mittelschule war ich eine gute Schülerin, aber das Schneidern wollte mir einfach nicht von der Hand gehen. Während die Klassenlehrerin erklärte, wie man Knopflöcher öffnete, las ich klammheimlich meine Liebesromane unter der Schulbank. Wenn sie mich entdeckte, warf sie mich raus, worauf ich ja natürlich nur gewartet hatte. Ich setzte mich in den Schulpark und las weiter. Unterdes hielt das nicht lange an. Ziemlich schnell kam die Klassenlehrerin dahinter, was vor sich ging und verwies mich nie wieder von der Schulstunde.

Meine Strafe bestand darin, indem sie mir bis zum Ende der Stunde das Buch, welches ich las, abnahm, sodass ich zusammen mit den anderen Mädchen dem Unterricht folgen musste. Das gefiel mir fürwahr überhaupt nicht.

Mama schaute oft in der Schule vorbei, um mich zu kontrollieren, dabei wusste ihr die Klassenlehrerin zu sagen, ich sei ein ziemlich aufgewecktes, nichtsdestotrotz braves Kind, sie derweil von meinen Streichen auch begeistert sei. Meine Mutter beeindruckten diese wiederum nicht und immer hatte sie von neuem etwas zu meckern.

Doch ich las weiterhin meine Romane, wobei ich es vor Vater und Mutter geheim halten musste, und mein Bruder Mitar mich damit regelmäßig erpresste. Wenn er etwas benötigte, drohte er, Mutter zu sagen, dass ich trotzt ihres Verbotes heimlich läse. Um mich nicht zu verpetzen, bekam er immer, was er verlangte. So konnte ich weiter ungestört lesen und vor mich hinträumen, aber meine Fantastereien drehten sich immer mehr um die geheimnisumwobene Welt der Liebe, wahrscheinlich wie bei allen Mädchen meines Alters.

In diesen Lebensjahren fantasiert man von der großen, fatalen Liebe, dem idealen allerschönsten Jüngling der Welt, der dich vorbehaltslos lieben, für dich kämpfen und sich aufopfern wird, der dir ein bequemes Leben in Überfluss und Glück bescheren wird.

Mutter andererseits hielt mir andauernd Moralpredigten, und nicht selten drohte sie auch:

"Wehe dir, du verlierst den Kopf und verliebst dich womöglich noch! Sollte ich dich zufällig dabei erwischen, wie du mit jemandem herummachst und eine *Liebelei* anfängst, dann helfe dir Gott, ich bringe dich um! Das fehlte mir nur noch!" – wiederholte sie ständig.

Unaufhörlich hallten ihre Worte in meinem Kopf.

"Was faselst du denn da von *Rumgefummel und Liebelei*? Ich bin doch nicht verrückt geworden? Jungs interessieren mich nicht im Geringsten!" – versuchte ich mich mit aller Macht zu verteidigen.

Aber, wie es schien, war es für Mutters *Gardinenpredigten* schon zu spät. *Den Verstand* hatte ich längst *verloren*. Ich habe gelogen, denn an einem Jungen hatte ich bereits Gefallen gefunden. Das ereignete sich in den Siebzigern, als ich mein verrücktestes Alter, fünfzehn nämlich, erreicht hatte.

Es war meine erste, naive und harmlose, kindliche Liebe, denn ich befand mich in einer, nur mir eigenen Welt, in der ich mir Luftschlösser aus Glück baute, von jener famosen, fatalen *Liebe fürs Leben* und vom ersten Kuss träumte. Dabei fragte ich mich nur, ob die Erde aufhören würde, um die Sonne zu kreisen oder sich um ihre eigene Achse zu drehen, wenn er mich küsste. Diese erste heimliche Liebe aus Kindertagen war nun der Nachbarsjunge Djordje (Anmerkung: im deutschen Georg), ohne dass er es gewusst hatte. Schön, schlank, schwarzhaarig, mit ebenmäßigen Gesichtszügen. Er trug längeres Haar, und seine Locken flatterten unruhig während er lief und hoben das Himmelblau seiner Augen noch stärker hervor. Wann immer er mich ansah, durchfuhr meinen Körper ein sonderbares Kribbeln und ich stellte mir vor, wie es sich erst anfühlen würde, wenn er mich küsste. Es bangte mir, dass ich, wenn es dazu käme, in Ohnmacht fiele.

Er war ebenso jung und sicherlich genauso unerfahren wie ich. Seine einzigen Annäherungsversuche bestanden darin, dass er mich wie zufällig berührte. Dieser Augenblick allein, in dem seine Hand die meinige streifte, reichte aus, dass ich vollkommen aus dem Häuschen geriet. Ich begann zu stottern, wurde knallrot im Gesicht und diese Röte breitete sich am ganzen Hals aus. Meine Wangen brannten und ich hatte den Eindruck, dass es jedem ins Auge fiele, was mich in Scham versetzte. Heiß ersehnte ich mir, dass er mich in die Arme nahm, fest an sich drückte, damit ich seine Nähe spürte, aber ich hatte Angst, genauso wie er. So vergingen die Tage und außer versteckten Blicken lief zwischen uns so gut wie nichts.

Und meine Verliebtheit nahm stetig zu. Ich träumte vor mich hin, dass wir in weiter Ferne wären, allein, glücklich und frei, ohne uns vor jemandem fürchten zu müssen.

Zu jener Zeit versammelten sich die jungen Leute am Korso. Auf der Hauptstraße im Stadtzentrum wimmelte es nur so von Jungen und Mädchen. Hauptsächlich flanierten die Mädchen und verliebte Paare die Straße entlang, und die ungebundenen Jungs standen herum, angelehnt an Schaufenster und Gebäudefassaden, und *warfen* lächelnd ihren Favoritinnen *Komplimente zu*. Das war noch eine unschuldige und naive Zeit, die zusammen mit den Jahren, die hinter uns liegen, ins Unwiederbringliche entschwunden ist.

Der Schulunterricht endete um sechs Uhr abends. Obwohl es recht früh für einen Spaziergang auf der Promenadenstraße war, drehten alle meine Freundinnen nach der Schule *eine Korsorunde,* außer mir. Ich durfte nicht einmal daran denken. Mein Vater erlaubte das nicht, und sein Befehl war mir wie immer Gebot.

Mein Gott, wie sehr litt ich darunter und wie ich ihn verabscheute in solchen Momenten! Nichts durfte ich meinen Altersgenossen gleichtun. Mir war einfach alles untersagt.

"Das alles sind schlichtweg verdorbene Mädchen, deren Eltern nicht normal sind, ihnen so etwas zu erlauben!" – wusste er zu sagen– "Solange ich dein Vater bin, wirst du nicht wie die anderen sein! Wehe dir, es kommt dazu! Du kannst nur einmal mit ihnen ausgehen, aber danach wirst du sehen, was dir blüht. Du wirst dein blaues Wunder erleben! Nie wieder käme dir so etwas mehr in den Sinn!"

So verstrichen die Tage. Ich befolgte Vaters Befehl, aber je mehr meine Liebe *entfachte,* umso betrübter war ich. Meine Freundinnen meinten immer, ich sei dumm, warum ich nicht mit ihnen mitkäme, da Vater das sicherlich gar nicht mitkriegen würde.

"Heute Abend kommt Djordje ebenfalls mit zum Korso, warum auch nicht du, wir bleiben nicht lange?", versuchten sie mich zu überreden, wie alle vorangegangenen Tage auch.

Ich steckte in einer großen Zwickmühle und wusste nicht, was ich tun sollte. Sollte ich mitgehen, oder nicht. Meine Bedenken hielten nur so lange an, bis ich in seine entzückenden blauen Augen blickte. Dann traf ich die Entscheidung. Besser gesagt, mein Herz entschied an meiner statt. *Ich gehe, sollte ich auch hundert blaue Wunder erleben!*

In Gedanken sah ich uns beide schon Hand in Hand herumspazieren. Je weiter die Zeit vorrückte, umso mehr freute ich mich über die Entscheidung, die ich getroffen hatte. Ich dachte, mein Herz würde zerspringen vor Entzückung, Aufregung und süßer Vorfreude! Wie weggeblasen waren Vaters Verbote, Mutters Drohungen. Alles war vergessen.

Wir haben uns nicht lange aufgehalten und es lief auch nicht alles so ab, wie ich es mir erträumt hatte. Kein Händchenhalten, der erste Kuss blieb aus und spukte weiterhin nur in meiner Fantasie herum, aber egal. Ich war überglücklich, denn das einzige was zählte, war, dass er hier, neben mir stand. Mehr bedurfte ich nicht! Aber auf dem Nachhauseweg, je weiter wir uns von der Stadt entfernten und uns unserer Siedlung näherten, schwand meine Begeisterung mehr und mehr, verblasste meine Erinnerung an Djordje und mein erstes Korso-Rendezvous und immer mehr überkamen mich Sorgen, ob Vater meine Verspätung aufgefallen sei. Mir bangte, was mich beim Betreten des Hauses erwartete.

Und so waren alle unbekümmert, während wir in einer Gruppe von sieben-acht Jungs und Mädchen zusammen zum Haus liefen. Sie erzählten Witze, alberten herum, ich dagegen schwieg und überlegte, was ich den Meinen sagen sollte. Welche Ausrede sollte ich für mein Zuspätkommen ersinnen. Meine Beine wurden bleiern vor Angst. Nur noch einige Meter trennten mich von meinem Haus. Ich bebte vor Furcht, denn eine vage Vorahnung breitete sich immer stärker aus.

Und jäh wurden meine Gedanken von lähmendem Entsetzen unterbrochen. Ich verharrte wie angewurzelt. Mein Blut gefror zu Eis. Ich war nicht in der Lage, mich auch nur zu rühren. Wie vom Himmel gefallen, stand Vater plötzlich vor mir, und stellte sich wie ein gewaltiges, aufgesträubtes, finsteres Gebirge vor mich auf. Seine Augen waren blutunterlaufen vor Wut, und in der Hand hielt er eine lange, dünne Rute.

In Gegenwart von Djordje, meinen Freunden und Freundinnen brüllte er lauthals:

"Du kleines Flittchen, Ausgeburt einer Hure, du! Jetzt zeig` ich dir, wo`s langgeht!" Mit roten Drachenaugen, es fehlte nur noch, dass er Feuer spie, fasste er mich an der Hand und begann im Angesicht aller auf meine dünnen Beinchen einzudreschen.

Diese dünne Gerte, die immer im Haus *für den Fall der Fälle* hinter der Türe bereit stand - zischte und bog sich um meine Lenden und Beine und hinterließ rote Schlieren. Es tat unheimlich weh, aber ich konnte keine Träne lassen. Meine Augen waren tränenleer. Nur noch sterben wollte ich, verschwinden. Bloß, um keine solche Schmach mehr empfinden zu müssen.

Und wie ich mich schämte, ob so eines Vaters ... schämte mich meiner Freunde und Freundinnen wegen ... schämte mich Djordje wegen!!!!!

Meine Seele zerriss vor Schmerz. Mein Gesicht war versteinert, die Arme hingen ruhig am Körper herunter, und meine Beine wurden immer mehr von schmerzhaften, schlängelnden, roten Streifen überdeckt, die die dünne Rute an ihnen zurückließ. Im Kopf hallte nur ein Gedanke wider:

Sterben möchte ich, so schnell wie möglich. Je eher - umso besser! Jetzt, sofort, soll es mich nicht mehr geben!

Und dann nahm ich nur mit einem Zipfelchen meines Bewusstseins wahr, wie mein Djordje, meine Liebe, mit gewaltigen Schritten vor mir, meinem Vater und diesem unangenehmen und demütigenden Anblick so weit wie möglich davonspurtete. Er ließ mich im Stich, alleine, meinem blutdürstigen Vater auf Gedeih und Verderb ausgeliefert, ohne sich zu scheren, ob jener mich gar umbrächte.

Ein Partikel des verbliebenen Bewusstseins wehklagte in mir:

Warum beschützte er mich nicht?!?!?

Und in diesem Augenblick verstarb alles in mir. Sogar der Wunsch zu leben, der Wunsch nach Bestehen.

Ich rannte Richtung Haus los, dort erhoffte ich mir zumindest Mutters Beistand, dass sie mich umarmte und tröstete.

"Was hast du Naseweis anderes erwartet? Zieh nochmals los und treibe dich mit diesen verrückten Hühnern herum!" – lautete ihr Trost. Und dann – Klatsch! – folgte auch ihre saftige Ohrfeige.

Ich sah nichts mehr. Nur Dunkel vor den Augen. Ich rannte ins Zimmer und bat Gott, mich zu sich zu nehmen. Dass ich verdampfen möge wie Wasser, versiegte und verschwände, für alle Ewigkeiten.

Aber das Leben erfüllte einem die Wünsche nicht so leicht. Wir werden weder geboren, weil wir das wünschen oder es so haben wollen, noch können wir sterben, wenn es uns beliebt. Sowohl das eine als auch das andere geschieht ohne unseren Willen, nach Vorsehung des Schicksals.

Die ganze Nacht bekam ich kein Auge zu. Ich fragte mich, wie ich morgen vor Schamgefühl in die Schule gehen und meinen Freunden und Freundinnen in die Augen schauen sollte. Wie denn auch ihn – Djordje – anblicken.

In dieser Nacht räumte ich definitiv mit etwas in mir selbst auf. Er war nicht mehr *mein Djordje*. Ein Verräter war er. Ich wollte ihn nicht einmal mehr eines Blickes würdigen.

So endete meine erste Liebe unrühmlich und katastrophal und starb für immer, zumindest für mich.

Und damals, obwohl noch in jungen Jahren, begriff ich im Dunkel der durchweinten Nacht, was ich in meinem Leben wollte – Liebe, Achtung, ein gebührliches Leben und Freiheit!

Die Freiheit, um ohne Angst vor irgendwem oder -etwas leben zu müssen. Wer weiß wie oft ich in dieser Nacht wünschte, Vater nie wieder zu sehen. Daraufhin folgte, wer weiß zum wievielten Male, ein inneres Schuldgefühl:

Er ist doch mein Vater. Vielleicht ist er ja im Recht, womöglich bin ich in der Tat schlecht! Vermutlich möchte er mich auf diese Art nur vor allem Schlechten, was mir widerfahren könnte, schützen.

Wahrscheinlich war ich zumindest teilweise im Recht. Eine andere, bessere pädagogische Methode, Kinder großzuziehen, kannte er nicht und meinte, mir Gutes zu tun, wenn er mich gelegentlich daran erinnerte, artig zu sein, wobei Prügel Bestandteil seiner Denkweise waren. Ihm kam überhaupt nicht in den Sinn, dass er vielleicht etwas Falsches täte.

An diesem Abend *brach in mir etwas zusammen und ich zog einen Schlussstrich*. Den Morgen begrüßte ich mit dem Vorsatz, mir das, was ich im Leben wünschte, selbst zu erkämpfen. Ich hatte den Entschluss gefasst, nach vorne zu blicken und zu gehen und einen Ausweg aus allem, was mich umgab, zu finden. Die Brücke zu überqueren über dem Abgrund, der die Welt, in der ich lebte, von jener, in der ich zu leben trachtete, trennte. Kraft des eigenen Willens, mir ein besseres Leben und Glück zu erschaffen. Vor dem mir selbst auferlegtem Ziel nicht schlapp zu machen.

Diese Nacht habe ich mir eine Richtung vorgegeben, von der ich nicht abweichen durfte. Ich glaubte fest daran, dass ich mein Ziel über kurz oder lang verwirklichen würde. Dass es nicht leicht werden wird, wusste ich, aber genauso gut war ich mir im Klaren, dass ich es meistern musste.

Viel schneller als ich es mir erhoffte, endete meine Schulzeit als Mittelschülerin. Enttäuscht von meiner ersten Liebeserfahrung, wütend der mir widerfahrenen Erniedrigung wegen und rachedurstig gegenüber allen Männern, erlaubte ich mir nicht mehr, mich zu verlieben. Bis zum Ende meiner Mittelstufe wurden die Jungs nur zu Spielbällen, mit denen ich meine Späßchen trieb. Unmissverständlich konnte ich erkennen, wenn ich jemandem gefiel, sogar dann, wenn sie es mir nicht zu zeigen wagten oder es nicht zugeben wollten. Ich äugelte mit ihnen, aber nur bis zu einer gewissen Grenze. Gerade mal so weit, um sie in ausreichendem Maße für mich zu entflammen, woraufhin ich mich zurückzog als bemerkte ich nichts.

Vaters Pläne, die meine Zukunft betrafen, waren eindeutig und mir gut bekannt. Gleich nachdem ich meine Schulbildung abgeschlossen hatte, machte er sich daran, mir eine Arbeit zu beschaffen, denn daheim zu leben, ohne zum Haushalt beizutragen, ging gar nicht. Da aber Arbeitsstellen bei uns immer schon Mangelware waren, und mein Vater keine *Beziehungen* hatte, mit denen er auftrumpfen könnte, lief nicht alles so, wie er es erwartete.

Meine Tage verbrachte ich im Haus, half Mutter, und vom Ausgehen konnte ich nur träumen, denn es stand weder genug Geld für so etwas zur Verfügung, noch würden *ehrbare und ehrliche Mädchen*, wie mein Vater zu sagen pflegte *in der Stadt herumlungern und den Teufel herausfordern*.

Auch meinen Brüdern wurde die freie Berufswahl verwehrt. Sowohl dem einen als auch dem anderen bestimmte Vater den beruflichen Werdegang. Sie lehnten sich nicht dagegen auf, was auch nichts an der Tatsache verändert hätte. Mihailo machte eine Ausbildung zum Automechaniker und malte sich unter Mutters Einfluss aus, eines Tages *selbständig* zu werden und seine eigene Werkstatt zu betreiben. Mit der Zeit gelang es ihm, sich ein wenig *loszureißen* und seine

Ängstlichkeit zu überwinden, er blieb dennoch weiterhin ein Muttersöhnchen. Mitar machte eine Ausbildung zum Kellner. Er wollte ein eigenes Café eröffnen.

Einzig ich wusste nicht, was und wo ich arbeiten könnte. Weiterhin träumte ich im Stillen nur davon, fortzugehen. Ich vermutete nicht im Geringsten, dass dies bald eintreffen sollte.

Der Aufbruch

Eines der zahllosen und eintönigen Vormittage, die ich damit verbrachte, Mutter bei der Küchenarbeit, beim Putzen und Schrubben des Hauses und zum weiß Gott wievielten Male, beim Aufräumen der Zimmer und halbleeren Schränke zu helfen, klopfte der Briefträger an unsere Tür. Noch von der Türschwelle her rief er zu:

"Post für Natalija! Blaues Kuvert!"

"Wie blaues Kuvert, Gott steh mir bei?"

- stotterte Mutter erschrocken hervor.

In blauen Kuverts kam seit jeher nur Post von Behörden, zumeist Rechnungen, Gerichtsvorladungen oder Ähnliches. Hastig riss sie den Briefumschlag auf und holte aufgeregt das Schreiben hervor. Ihr Blick *überflog* geradezu die Buchstaben, dann sprang sie auf, packte den verwirrten Briefträger an der Hand und zog ihn mit ins Haus hinein:

"Komm rein auf einen Kaffee und ein Schnäpschen! Hereinspaziert, herein! Das muss gefeiert werden!" Mir, wie auch dem Postboten, war nichts klar. Ich legte das Messer und die Kartoffel, die ich gerade schälte, in die Schüssel.

Mutter sah mich beschwingt an:

"Du sollst dich beim Arbeitsamt melden! Ich hoffe bei Gott, dass du einen Job bekommen hast!"

Wie ich darauf reagieren und ob ich mich überhaupt freuen sollte, wusste ich nicht. Erstens, musste der Brief mit der Einladung, mich beim Arbeitsamt zu melden, nicht zugleich bedeuten, ich hätte auch Arbeit bekommen. Zweitens, auch wenn ich sie bekommen haben sollte, wären damit nur die Wünsche meiner Eltern in Erfüllung gegangen, meine Träume hingegen wieder ins Wasser gefallen oder der Weg, diese zu realisieren, erheblich erschwert worden. Deshalb stand ich so da und starrte den Briefträger verdutzt an, der schon *auf die Schnelle* seinen Schnaps ausgetrunken hatte, den Kaffee auf ein anderes Mal vertagte, da *es noch viel zu tun gäbe*.

An diesem Nachmittag, als mein Vater von der Arbeit nach Hause kam, wurden schon alle Pläne geschmiedet und mein nicht einmal in Ansätzen zu erahnendes Gehalt auf alle notwendigen Einkäufe verteilt. Wie gewöhnlich fragte mich keiner etwas.

Gleich zur Morgendämmerung weckte mich Mutter auf, suchte mir sogar die Kleidung aus, da sie ganz genau wusste, in welchem *Aufzug ich hübsch und anständig aussah.* Noch bevor die Angestellten der Arbeitsagentur ihren Dienst antraten, stand ich bereits vor der Türe.

Ich kehrte glücklich und zufrieden nach Hause zurück. Einzig wusste ich nicht, wie zufrieden meine Eltern sein würden. Obwohl, überlegte ich unterwegs - besser hätte es nicht kommen können. *Eigentlich sollten wir alle zufrieden sein. Unser aller Wünsche gingen in Erfüllung, für den einen beileibe mehr, für den anderen weniger.*

In der Tat hatte ich ein Jobangebot bekommen, was auch den Vorstellungen meiner Eltern entsprach. Aber, die Arbeitsstelle wurde mir in einer anderen Stadt angeboten, was eher meinem Wunsch näherlag.

Wie erwartet, zeigten sich Vater und Mutter nicht sonderlich begeistert. Im Vorfeld geplante Einkäufe fielen gleich ins Wasser. Dennoch, nach längerem Nachsinnen und Abwägen, was wohl besser wäre, kam man zu dem Schluss, dass es doch nützlicher sei, diese Arbeit anzunehmen, denn auch wenn ich keinen *besonderen Nutzen* einbrächte, *läge ich ihnen zumindest nicht mehr auf der Tasche.* Ihre Art zu Denken bedrückte mich ein wenig, aber dadurch ließ ich mir meine Freude nicht trüben. Ich war davon überzeugt, dies sei nur der erste Schritt zum Erreichen meiner Ziele.

Die Tage bis zu meiner Abreise waren hauptsächlich mit Ratschlägen ausgefüllt *wie ich mich zu benehmen hätte* und dass ich niemals vergessen sollte *aus einem ehrenvollen Hause* abzustammen, auf keinen Fall Vater, Mutter und Brüder aus dem Gedächtnis verlieren dürfte, dass ich jeden Groschen sparen sollte und ohne Rücksicht darauf, mit ihnen nicht mehr im gemeinsamen Haushalt zu wohnen, sie weiterhin unterstützen sollte, denn *ich würde allein sein, sie jedoch zu viert nur von Vaters Lohn leben müssen.*

Alle Ratschläge hörte ich mir an und stimmte diesen unentwegt zu. Ich nickte mit dem Kopf und pflichtete allem bei, in dem Bewusstsein, dass sich mit meinem Weggang aus dem Elternhaus ein Kapitel meines Lebens schließen würde, aus dem in meinem Gedächtnis nicht viele schöne Erinnerungen übrig bleiben werden. Zahlreicher waren jene traurigen und hässlichen Augenblicke, die solange mein Gedächtnis währt, mich peinigen werden. Mir war ohnehin klar, dass wir unsere Eltern weder aussuchen noch verändern können.

Nun bin ich mir auch dessen bewusst, dass Zeit und Umstände einfach so waren und meine Eltern damals meinten, für mich das Beste zu tun. Sie dachten wahrscheinlich, alles von sich gegeben zu haben. Gut möglich, dass sie aus ihrer Sicht glaubten, vollkommen im Recht gewesen zu sein, da sie es nicht anders und besser wussten. Aber ich wusste schon dazumal, dass mir von Geburt an ihre Liebe und Unterstützung gefehlt haben. Traurig ist nur, nie das bekommen zu haben, was ich mir von ihnen am meisten ersehnt habe.

Mit Reisetäschchen in der Hand, in dem sich ein Paar meiner persönlichen Sachen befanden, machte sich, einen Tag bevor ich meine Arbeit antreten sollte, meine Mutter mit mir auf den Weg, um mir bei der Suche nach einer Unterkunft in der Stadt, in der ich einen Arbeitsplatz bekommen habe, behilflich zu sein.

Ziemlich schnell fanden wir eine bescheidene Stube, in der schon eine Arbeitskollegin untergebracht war. Zum Abschied küsste mich Mutter, sie hatte sogar Tränen in den Augen, und mein Entzücken, endlich das Zuhause zu verlassen, wich einer unerwarteten Trauer oder eher noch Angst, die mich unvorbereitet übermannte.

Diese Stimmung hielt merkwürdigerweise sehr lange an. Wie sehr ich mich anfangs auch gefreut hatte, mein Heim zu verlassen, da ich dachte, mich endlich vom tobsüchtigen Vater und einer Mutter, die nie ein schönes Wort für mich übrig hatte, zu retten, fehlten sie mir nichtsdestotrotz, wie auch meine Brüder.

Ich befand mich in einer fremden, nicht vertrauten Stadt. Tagein tagaus betrachtete ich fremde Straßen und Häuser, alles war irgendwie anders und fremd, fremd, fremd...

Die Stadt war erheblich größer als meine und ich darin, unbehütet und allein. Abgesehen all jener Dinge, die mich in meinem, unserem Haus gestört und mir gefehlt hatten, fühlte ich mich darin geborgener, wenn auch nur deshalb, weil ich das Gefühl hatte, dass darin alles auf eine Art mir gehörte.

Mit dem Eintreffen in eine neue Umgebung, konnte ich nichts mehr *mein* Eigen nennen. Ich lebte in einer fremden Stadt, wohnte in einem fremden Haus mit einer fremden Familie. Auch mit meiner *Zimmergenossin* aus einer anderen Republik, mit der ich das Kämmerchen teilte, verstand ich mich nicht besonders. Wir arbeiteten und wohnten zusammen, uns trennten jedoch Welten voneinander.

Sie war älter und zu ernsthaft, ich dagegen das pure Gegenteil. Wir teilten dasselbe Zimmer, indem wir die Zeit zumeist schweigend und jede auf ihrem Bett sitzend verbrachten. Selten geschah es, dass wir uns in ein Gespräch einließen. Sie las ihre Zeitungen, ich meine Romane. Das einzig Gute war, dass ich nun nach Lust und Laune lesen konnte.

Die Eigentümer des Hauses, in dem ich wohnte, waren gute Menschen. Sie hatten ein bezauberndes Mädchen namens Nina, mit riesengroßen blauen Augen und kleiner Stupsnase. Am glücklichsten war sie, wenn sie es sich auf meinem Schoss gemütlich machen konnte, und ich genoss es sichtlich, während sie mir so, auf meinem Schoss sitzend, unzählige Fragen stellte.

Der Hausherr Mirko, ein herzensguter Mensch, was man sofort an seinem Blick erkennen konnte, war ein Mann von niederem Wuchs, der sich wahrlich schwer damit abfinden konnte, dass sich sein Haar, obwohl er noch relativ jung war, langsam von ihm verabschiedete. Deshalb machte er einen sonderbaren und unlogischen Scheitel auf seinem Kopf und überkreuzte sein Haar irgendwie querbeet über dem Haupt. Wenn er sich bewegte oder wenn ein Windstoß aufkam, umflatterten seine langen, ungleichmäßigen Strähnen seinen

Kopf von allen Seiten her, was bei mir Lachkrämpfe hervor-
rief. Natürlich musste ich dies verbergen, damit er es nicht
bemerkte, sonst würde er sich äußerst beleidigt fühlen.

Seine Ehefrau Ivana, ein zierliches Frauchen mit großen
blauen Augen, die Nina von ihr geerbt hatte, arbeitete fortwährend und *wuselte* im Haus umher. Sehr oft buk sie Kuchen
und dergleichen köstliche Leckereien und vergaß niemals,
diese meiner Zimmergenossin Draginja und mir anzubieten.
Meistens war es uns peinlich, davon zu kosten, aber sie schaffte es immer wieder, uns zum Essen *zu bewegen*. Sofort war
sie mir ans Herz gewachsen. Alle Menschen erachtete sie für
gütig, da vor allem sie selbst genauso gewesen ist.

In ihrem Haus spürte man Liebe, Eintracht, Frieden und
Ruhe, was mir bei meinen Eltern immer gefehlt hatte. Dennoch fühlte ich mich auch in diesem Haus erneut nicht wohl.
Das war eine fremde Eintracht, ein fremder Frieden und eine
fremde Familie, jedoch nicht meine. Wie auch immer sie waren, fehlten mir die Meinigen. Ich vermisste meinen jähzornigen Vater und meine zanksüchtige Mutter. Am meisten fehlten mir meine beiden Brüder. Ungeduldig erwartete ich das
Ende der Arbeitswoche, um mich in den klapprigen Bus, der
nach Öl und Abgasen stank, zu setzen und mich auf den Weg
nach Hause zu machen, *meinem eigenen* Zuhause. Wie immer
es darin auch aussehen mochte, es war mein Heim.

Vater ist in der Zwischenzeit ruhiger geworden. Er hatte eine Wirbelsäulen-OP hinter sich und wahrscheinlich haben seine Schmerzen nachgelassen, die ihn gequält und bei
ihm Nervosität hervorgerufen hatten. Er ist ein ganz anderer Mensch geworden. Seine Hand erhob er nicht mehr gegen Mutter, vermutlich schämte er sich, dies nun vor seinen
erwachsenen Kindern zu tun. Wie auch immer, meine Mutter
entledigte sich schlussendlich der Prügel.

Meine Arbeitsstelle befand sich in einer Schuhfabrik. Ich
nähte die oberen Schuhteile zusammen, in einer riesengroßen
Halle, wo noch etwa hundert weitere Frauen beschäftigt waren.
Die Arbeit war nicht sonderlich schwer, aber sie verlief mono-
ton und es wurde viel geschuftet, so dass ich mich häufig müde

fühlte. Dennoch verbrachte ich meine Zeit gerne in der Fabrik. Wenn nicht wegen was anderem, dann der schönen Pausen wegen.

Von überall her hörte man dann das Gekichere, Gekreische und Gemurmel fröhlicher, gut gelaunter Frauen. Das tat mir gut, weil es mir wahrscheinlich immer gefehlt hatte. Ich hatte den Eindruck, alle um mich herum, führten ein anderes Leben als es bei mir im Hause der Fall war, wo man einzig Geschimpfe, Zank, Streitereien und Geschrei zu hören bekam.

In meiner Wohnstube, während Draginja nachts schnarchte und mich fast in den Wahnsinn trieb, da ich nicht einschlafen konnte, träumte ich weiter vor mich hin.

Ich malte mir mein Leben aus, irgendwo, an einem schönen Ort, wo ich keine Geldsorgen hätte, wo ich jemand mit eigenem Ich sein konnte, jemand, der selbst Entscheidungen trifft und wusste, was für ihn das Beste ist. Allerlei Dinge sortierte ich im Kopf, summierte und resümierte. Ein derartiger Fortgang von Zuhause und das, was er mir einbrachte, solch ein Leben, das ich führte, war nicht das erwartete und was ich mir selbst als Ziel auferlegt hatte. Mich tröstete, dass auch dies schon etwas sei, obgleich erst der Anfang. Ich sprach mir Mut zu, dass womöglich alles sachte vor sich ginge, jedoch mit der Zeit so geraten würde, wie ich es mir seit jeher gewünscht habe.

Und so verstrichen die Tage. Ich rührte mich um keinen Deut von den Anfängen der Realisierung meiner Träume. Das *Entscheidende, dass kommen sollte*, kam einfach nicht.

Mein Gehalt bewegte sich natürlich auf *Anfängerniveau*, war gering und armselig und ich schaffte es nur mit Mühe, dieses bis zum Monatsende zu strecken.

Einen Teil des Geldes musste ich meinen Eltern und Brüdern schicken, des weiteren Miete zahlen, auch mal etwas zum Essen kaufen, und für *schöne Garderobe* oder Kinobesuche, blieb nie etwas über. Das ganze Geld ging irgendwie für Nahrung und Miete drauf.

Ich hasste die Armut, die mich immer verfolgte. Ab und zu konnte ich auf der Promenade spazieren gehen, denn Vater war nicht mehr in der Nähe, um mir das zu verbieten, aber dennoch fühlte ich mich dort auch jetzt immer noch nicht wohl. Beim Flanieren sah ich rund um mich herum schön gekleidete und hergeputzte junge Frauen in Miniröcken, die damals in Mode waren, und ein und dieselbe Frage drängte sich mir immer wieder auf: *Woher hatten sie das Geld nur?*

Ich selbst hatte keines, und mir bangte immer mehr davor, nie welches zu besitzen.

Immer häufiger sorgte ich mich darum, wo meine Hoffnungen vom schöneren und besseren Leben verblieben seien und ob sie jemals in Erfüllung gehen würden. Mein Leben glich immer mehr einem großen Elend, einem regelrechten *Stopfen der Löcher*, von Anfang bis Ende des Monats und dies war etwas, zu was ich es nicht kommen lassen wollte.

Ich wollte ein erfüllt es Leben! Der Wunsch nach etwas Besserem, Schöneren ebbte in mir nicht ab. Von Natur aus stur und eigensinnig, wusste ich auch weiterhin im Stillen, dass ich es schaffen musste. Ein Ziel schwebte mir vor Augen, von dem ich nicht ablassen wollte und das ich nicht verfehlen durfte. In der Tiefe meiner jungen Seele herrschte Klarheit, dass irgendwo, dort in der Ferne, Er, der Mann meiner Träume, auf mich wartete. Ein großer und starker, gut situierter Mann, der mir alles bieten würde - Liebe, Achtung, Kinder und Überfluss. Doch dieser gewisse *Er* wollte sich einfach nicht zeigen. Aber meine achtzehn Lenzen kannten keine Geduld. Sie wollten all dies, jetzt und sofort.

Und dann, eines Tages, folgte die Überraschung. Ich kam gerade von der Arbeit und beim Betreten des Hauses, sobald ich die Tür öffnete, rief mir meine Hauswirtin, diese kleine, gute Frau, die mit einem Mann in der Küche saß, zu: "Natalija, komm, ich möchte dich mit jemandem bekannt machen! Das ist Mirkos Cousin aus Zagreb."

Am Tisch erblickte ich einen jungen, gutaussehenden Mann. Fürwahr nicht gerade wie aus meinen Träumen, dafür aber mit schönen blauen Augen.

Zu jener Zeit hatte ich in der Tat *eine Schwäche für blaue Augen*. Wahrscheinlich deshalb, weil alle Männer, die mein

Herz höher schlagen ließen und von denen ich seufzend beim Lesen meiner Liebesromane träumte, blaue Augen hatten.

"Hallo, ich bin Zarko", - äußerte er sich als erster, mir dabei die Hand zum Gruß streckend- "ich bin gekommen, um meine Verwandten zu sehen. In zwei Wochen fahre ich nach Deutschland, um dort zu arbeiten!"

Sie mal an, Deutschland! Wohl dir, - dachte ich und wünschte mir an seiner statt zu sein. Deutschland war das Land meiner Träume. So viel Schönes hatte ich über dieses Land von Leuten, die dort arbeiteten und lebten, gehört. In den Urlaub kamen sie zu uns mit dicken Geldbeuteln, mit großen, modernen Limousinen, schön gekleidet und trugen breite goldene Armbänder. Das wäre ein Leben wie für mich geschaffen! Fernab von dieser Provinz – dachte ich wehmütig.

Meine Vermieterin hatte Kaffee gemacht, und lud mich ein, diesen zusammen mit Zarko und ihr zu trinken. Er saß mir gegenüber, lächelte freundlich und beäugelte mich.

Gerade wohl fühlte ich mich dabei nicht unbedingt. Ich hatte das Gefühl, vor einer Prüfungskommission zu stehen oder einer *gründlichen* Untersuchung unterzogen zu werden.

"Natalija, möchtest du heute Abend mit mir ausgehen, zum Korso?" – riss mich Zarkos Stimme aus meinen Gedanken heraus – "ich kenne niemanden in dieser Stadt, und würde gerne ein bisschen bummeln."

"Ja, gerne! Warte kurz, damit ich mich fertig mache!" - antwortete ich noch bevor mir auch nur der Gedanke kam, dass ich es mir hätte kurz überlegen sollen.

Als hätte ich Flügel bekommen, eilte ich ins Zimmer, um mir etwas Schöneres anzuziehen und um mich hübsch zu machen. Ich weiß nicht, ob seinethalben oder Deutschlands wegen, aber an diesem Abend wollte ich schön aussehen.

Auf unserem Weg zum Korso durch enge Gassen hindurch, beobachtete ich ihn heimlich. Er war adrett gekleidet, hatte eine gute Haltung, lief hoch erhobenen Hauptes neben mir, stolz und selbstsicher. Wie ein richtiger Herr wirkte er auf mich. Schon kreisten Gedanken durch meinen Kopf und ich sinnierte darüber nach, wie es wäre, wenn er mir gehörte.

Zum ersten Mal promenierte ich am Korso entlang, ohne mich abgeschoben und minderwertig zu fühlen. Wir spazierten und unterhielten uns, umgeben von einer Menge junger Leute, die uns ähnlich waren. An deren Gesichtern konnte man genau erkennen, wer mit wem befreundet war, wer wem gefiel, wer wen umwarb. Uns passierten glückliche, verliebte, Händchen haltende Pärchen. Sie genossen ihr Glück, und ich fragte mich, wie wohl Zarko und ich in deren Augen aussahen.

Als hätte Zarko meine Gedanken gelesen, fasste er mich an der Hand und ich wehrte mich nicht. Es war mir genehm. Entgegen meiner Erwartung spürte ich keinerlei *glühende Schauder meinen Rücken entlang kribbeln* wie in den Romanen, nur ein Wohlgefühl.

So gingen wir eine Weile schweigend nebeneinander her, und die Stille, die zwischen uns strömte, wurde langsam unangenehm.

"Willst du nicht auch mit mir nach Deutschland kommen?" - trafen mich seine Worte wie aus heiterem Himmel. Ich dachte, ich träumte. Das konnte doch nicht wahr sein.

Wir kannten uns kaum zwei Stunden und schon fragte er mich, ob ich mitkommen wollte. Ich war mir nicht sicher, ob ich mich verhört hätte oder er den Verstand verloren habe.

"Was sagst du da? Wie? Wir kennen uns doch erst seit ein paar Stunden?" - stammelte ich verwirrt hervor.

"Was spielt das für eine Rolle! Manche kennen sich jahrelang und am Ende geht ihre Beziehung dennoch in die Brüche. Du gefällst mir, bist ein hübsches Mädchen" - zog mich dabei an sich, umarmte und küsste mich.

Aus einem für mich noch immer unerklärlichen Grund fing ich an zu weinen. Alles kam irgendwie zusammen, die ganze Trauer und Betrübnis, all die Unzufriedenheit, die mich jahrelang bedrückte, quälte und wie ein Knäuel im Hals steckte, das mich zu ersticken drohte, denn es gab keine Gelegenheit dieses hinunterzuschlucken. Vollkommen unerwartet begann das Knäuel sich zu entwirren. All die sich jahrelang abgesetzte Bitternis entlud sich langsam aus mir und zusammen mit meinen Tränen rann sie die Wangen hinab. Viel Kraft war vonnöten, dass ich mich beherrschte, nicht loszuschluchzen, laut zu klagen, unkontrolliert und hysterisch in Tränen auszubrechen.

"Weine nicht ... Alles wird gut!" - versuchte er mich zu trösten - "Morgen gehen wir gemeinsam in deine Firma. Du kündigst und in zwei Wochen werden wir schon drüben sein!"

Es schmeichelte mir, seinen Überzeugungsversuchen zuzuhören, es tat mir gut, obwohl ich wusste, dass dies unsäglich verrückt war. Nur einige Stunden zuvor kannte ich ihn nicht einmal, und in zwei Wochen sollte ich schon seine Frau werden. Noch nie im Leben hatte ich von einem ähnlichen Fall gehört. Dies schien mir der schnellstmöglich geschlossene Ehebund überhaupt zu sein. In nur zwei Wochen! Panik ergriff mich. In meinem Kopf wirbelte ein

Strudel von allerlei Gedanken, die sich gegenseitig bekriegten:

Was mache ich da nur? Seit jeher träumte ich von einer großen Liebe, und jetzt bin ich schon bereit, darüber nachzudenken, mit einem völlig unbekannten Mann ein gemeinsames Leben zu beginnen. Eine so große Schwindlerin kann ich beileibe nicht sein, um mich davon zu überzeugen, dass ich ihn liebe. Nur sympathisch fand ich ihn. Wenn ich darauf eingänge, hieße dies, eine Ehe ohne Liebe.

Welche Bedeutung hat das Wort Liebe überhaupt? Neben ihm verspürte ich zum ersten Mal im Leben eine Art Hoffnung, eine Art Sicherheit. Die Liebe wird sich mit der Zeit von selbst einstellen. Nun, ich liebte Djordje, und dieser hat mich im Stich gelassen. Weshalb sollte ich nun nicht mit ihm gehen? Er sieht anständig aus, hat Charakter und Manieren, was ersichtlich ist.

Wie sehr auch all das, was mir widerfuhr, sonderbar und unüberlegt war, muss ich zugeben, dass es mir auch sehr imponierte. Erstmals fühlte ich mich schätzenswert und wichtig an seiner Seite.

"In Deutschland habe ich Verwandte, die uns gleich Wohnung und Arbeit beschaffen werden, so dass wir uns darüber keine Sorgen machen müssen" - ermutigte er mich und versuchte mich inständig zu überreden.

Beflügelt von meinen immerwährenden Fantastereien, meiner Verwundbarkeit und momentanen Schwäche, von meinen Wünschen, so weit wie möglich dem Elend und der Armut zu entfliehen, die mir bisher einzig bekannt waren, wahrscheinlich auch von Naivität und Unerfahrenheit, stimmte ich zu. Ziemlich schnell redete ich mir selbst ein, dass dies die richtige und ideale Lösung aller meiner Probleme sei. Ich wollte gerne daran glauben, dass er mich zu der Brücke führen würde, über die ich jenen Abgrund bis zur Verwirklichung meines Traumes überqueren werde. Gott dankte ich dafür, mich schlussendlich erhört zu haben. Alles erschien mir auf einmal schön, dass es nicht hätte schöner sein können. Mein Herz hüpfte vor Freude und nun fühlte ich mich endlich glücklich.

Das Schwierigste stand mir noch bevor. Ich musste noch meine Eltern aufsuchen und ihnen mitteilen, dass ich den Entschluss gefasst hatte, einen sozusagen vollkommen wildfremen Mann zu heiraten und dass ich mit ihm in ein anderes, fremdes Land ziehen werde. Vor ihrer Reaktion hatte ich schrecklichen Bammel.

Schon am nächsten Tag machten wir uns auf den Weg zu ihnen. Da ich Vaters Geschrei, wie auch Mutters Gejammere und Ablehnung erwartete, bereitete ich Zarko schon einmal darauf vor. Ich rechnete mit Drohungen, Verboten, Streit, und befürchtete sogar, dass Vater Zarko gegenüber handgreiflich werden würde. Verdutzt wurde ich jedoch eines Besseren belehrt.

Überglücklich umarmte mein Vater seinen künftigen Schwiegersohn. "Natürlich! So soll es sein! Geht nur! Deutschland ist mächtig, dort könnt ihr Geld verdienen."

Enttäuscht begriff ich, dass Geld für ihn am meisten zählte. Ob ich glücklich sei oder nicht, das hatte ihn nie gekümmert, wie auch jetzt nicht. Es war ihm unwichtig. Er, der sich sein Leben lang um meine Ehre und Tugendhaftigkeit gesorgt hatte, zuckte nicht einmal mit der Wimper darüber, dass ich mit Zarko unvermählt nach Deutschland gehen würde, da wir vor unserer Abreise, keine Zeit mehr hatten zu heiraten. Mit meiner

Vermählung und meinem Fortgang nach Deutschland erhoffte er sich erneut nur eigene Vorteile. Zum wer weiß wievielten Male fühlte ich mich verraten. Als hätte er nur darauf gewartet, mich schnellstmöglich loszuwerden. Dabei erachtete er es immer noch als meine Pflicht und Schuldigkeit, ihn zu versorgen und mich um ihn, Mutter und meine Brüder zu kümmern.

Mutter umarmte mich zum ersten Mal im Leben und fing an zu weinen. Keinen Augenblick fragte ich mich, wie aufrichtig ihre Tränen seien und weshalb sie sich erst jetzt über ihre Wangen ergossen. Im selben Moment hatte ich ihr alles verziehen. Vergeben, dass sie nie ein gutes Wort für mich übrig hatte, mich niemals in Schutz genommen, unterstützt hatte. Verziehen ihren bisherigen, immerwährenden Liebesentzug und ihre Verständnislosigkeit, obwohl mich diese Entbehrung auch heute noch, mit meinen neunundfünfzig Jahren, weiterhin verfolgt und nicht in Ruhe lässt.

* * * * *

Zarko und mir blieb nicht viel Zeit bis zur Abfahrt nach Deutschland. Sofort machten wir uns an die Reisevorbereitungen. Wir freuten uns auf ein besseres Leben in *unserem* gelobten Land. Alles vollzog sich in einer Hast und Raserei. Mir kam es vor als passierte all dies jemand anderem ... alles ging vor sich wie in einem Traum.

Die Schwärmereien von diesem fernen Land, voller schöner Versprechungen, Illusionen und Hoffnungen, standen an der Schwelle zu ihrer Verwirklichung. Ich glaubte fest daran, dass endlich die Stunde gekommen ist, in der meine allerschönsten, langjährigen Träume anfangen sich zu realisieren.

Zwei Wochen verflogen wie im Nu in Hetze und Betriebsamkeit. Erst als wir im Zug Platz genommen hatten, der von Belgrad nach Düsseldorf fuhr, vertraute ich bei meinem Aufbruch zu etwas Neuem auf ein besseres und glücklicheres Dasein und wurde mir bewusst, dass dies mein richtiger, endgültiger Weggang vom Elternhaus und dem bisherigen Leben war.

Während ich dem monotonen Geknatter des Zuges lauschte, der über die Schienen rumpelte, und durchs Fenster die malerischen Landstriche beobachtete, an denen ich nie zuvor entlanggefahren war, hatte ich Zeit zum ersten Mal über meine Ehe mit einem Mann, denn ich nun fast zwei Wochen lang kannte, nachzudenken.

Mein noch immer nicht angetrauter Mann und ich hatten fürwahr noch keine Intimitäten ausgetauscht. Diese Leidenschaft, von der ich in meinen Romanen gelesen hatte, habe ich immer noch nicht erlebt. Bevor wir uns in den Zug nach Deutschland setzten, haben wir eine Nacht bei seiner Schwester geschlafen. Es war das erste Mal, dass wir dasselbe Bett teilten, wie auch die erste und einzige Gelegenheit, uns körperlich näherzukommen.

Damals nahm ich erstmalig den Geruch seiner Haut wahr und - verspürte Ernüchterung, denn er stieß mich sogleich ab. Das war meine erste Enttäuschung. Ich fragte mich, wo bliebe nur und weshalb spürte ich nicht dieses Gefühl der Entzückung, dieses Gefühl der Lust, in Windeseile in die Umarmung des Mannes, der da neben mir lag, einzutauchen ... Warum verspürte ich nicht den Drang, mich an ihn zu schmiegen, in seinen Armen zu liegen?... Warum hegte ich nicht den Wunsch, uns zu vereinen und nie wieder zu trennen, wie in Romanen?

Nichts davon habe ich wahrgenommen, außer dem unangenehmen Geruch seiner Haut. Und der Sex... Wir haben einen Versuch gewagt, aber es klappte nicht.

"Das kommt von meinem allzu großen Verlangen nach dir. Wahrscheinlich ist es deshalb so gelaufen" - flüsterte Zarko beschämt - "wenn wir nach Deutschland kommen, wird alles anders. Das kriegen wir schon besser hin.

So endete meine erste *eheliche* Nacht, traurig und höchst misslungen.

Unwichtig, versuchte ich mich selbst zu trösten. Wenn wir unsere neue schöne Wohnung beziehen, wird alles anders, auch mit uns beiden. Das ist nur der Anfang, alles wird sich noch zum Guten wenden.

Ich sprach mir Trost zu, fürchtete mich gleichzeitig aber auch vor der ungewissen Zukunft. Tief in meiner Seele befürchtete ich, einen großen Fehler begangen zu haben, als ich mich mit ihm auf den Weg gemacht hatte. Ich war mir bewusst, dass das, was ich Zarko gegenüber empfand, keine Liebe war, vielleicht nur eine augenblickliche Anziehung. Das war definitiv nicht das, worauf ich gewartet und wovon ich mein Leben lang geträumt hatte. Ich stellte mir die Frage, ob das, was uns verbindet, ausreichte für ein langes und glückliches gemeinsames Leben. Mehr und mehr befürchtete ich, nein. Dennoch wollte ich uns eine Chance geben. Ich sprach zu mir selbst: *man kann nie wissen, das Leben wird es uns schon offenbaren!*

Deutschland

Von Düsseldorf bis zu unserem Bestimmungsort Bielefeld konnte ich über nichts mehr nachdenken. Ich fühlte mich wie Alice im Wunderland, stierte in alle Richtungen um mich herum und bewunderte dabei die Schönheit der Orte, die wir durchfuhren. Alles erschien mir anders, schöner, ordentlicher, gepflegter, reicher. Die Häuser, Straßen, Läden, Stadtplätze, Autos, Menschen.

Bielefeld war eine wundervolle, große Stadt mit prächtigen Häusern und noch prachtvolleren Terrassen voller Blumen. Mir, die nie weiter als bis Belgrad gekommen ist, schien es als befände ich mich im Paradies. Meine Seele quoll über vor Schönheit, mein Herz sang: Hier ist es so schön, da möchte ich mein ganzes Leben verbringen!

Wir kamen zu einem schönen Gebäude, mit etwa vier bis fünf Wohnungen und einem herrlichen Vorgarten.

"Da sind wir nun am Ziel. Hier wohnt mein Bruder, und da befindet sich auch gleich unsere Wohnung" - sagte Zarko stolzerfüllt.

Indessen stellte sich heraus, dass ich mich zu früh gefreut und Hoffnung geschöpft hatte. Unsere schöne Wohnung, die wir erwartet hatten, bestand aus einem einzigen Zimmer. Eigentlich war es ein umgebauter Nebenraum in diesem Gebäude, höchstwahrscheinlich die Wäschekammer. Waschbecken, Küche und Bad - alles in einem Raum.

Im ersten Augenblick war ich wirklich geschockt, dann jedoch fand ich mich mit meinem Schicksal ab.

So wie es ist - ist es nun einmal, eines Tages wird es schon besser werden.

Es gab kein Zurück mehr. Wohin auch? Ich hatte kein Geld mehr, und war auch ohne Arbeit. Nichts und Niemanden hatte ich mehr, nur einen jähzornigen Vater und eine Mutter, die mir so etwas nie verziehen hätten. Ich war mir sicher, sie würden ein Donnerwetter über mich ergießen, wenn ich zurückkäme. Nicht auszumalen, wie sich die Nachbarn und Freunde das Maul darüber zerreißen würden.

Ich hatte keine Wahl. Mir war bewusst, ich müsste bleiben und versuchen, aus dieser Lage das Beste zu machen.

Und wie sehr ich auch unglücklich und unzufrieden war, gewöhnte ich mich mit der Zeit daran. Während Zarko bei der Arbeit war, putzte ich die Wohnung, wusch und bügelte, kochte das Mittagessen auf einem Tischherd.

Ich konnte nicht arbeiten, da mir die notwendigen Papiere fehlten und ich außerdem der deutschen Sprache nicht mächtig war. Klar, dass ich zuerst Deutsch lernen musste, denn ohne Sprachkenntnisse konnte ich mich mit den Leuten nicht verständigen. Ich fühlte mich wie eine Taubstumme. Also musste ich mir deutsch schnellstmöglich aneignen, bloß wie, war mir ein Rätsel. Nichts war so einfach und verlief "glatt", wie wir beide es uns vorgestellt hatten.

Da begriff ich, weshalb unsere Landsleute, wenn sie sich der Arbeit wegen ins Ausland begeben, eine Trauer und Nostalgie nach ihrer Heimat empfinden, sogar dem Elend gegenüber, vor dem sie entflohen sind. Allmählich begriff ich weshalb man sagte - *Fremde riefe Heimweh hervor.*

Sogar im eigenen Heim ist es schwer, aber ohne Arbeit im fremden Land hast du nichts, bist du nichts. Ein Gehalt reichte uns nicht einmal fürs Essen. Ohne Heirat - konnte ich keine Arbeitserlaubnis bekommen, und ohne Arbeitsvisum - keine Arbeit. Es wurde mir klar, dass ins Ausland zu gehen und dort zurechtzukommen, kein leichtes Unterfangen ist, und vom schönen Leben, zumindest zu Beginn, konnte keine Rede sein. Ein paar Jahre harter Arbeit waren schon vonnöten.

Wir mussten schnellstmöglich heiraten, wenn aus keinem anderen Grund, dann damit auch ich arbeiten könnte.

Um uns zu vermählen, mussten Zarko und ich nach Zagreb reisen, was unser eh schon spärliches Budget noch schmälerte. Die Eheschließung musste in Zagreb vollzogen werden, da ich nicht die nötigen *Unterlagen* besaß, um dies in Deutschland abzuwickeln. Freitagnacht erreichten wir Zarkos Geburtsstadt, die sich in der Nähe von Zagreb befand, und schon für Samstagvormittag wurde der Heiratstermin beim *Standesamt* festgesetzt.

Todmüde und von der Fahrt noch unausgeschlafen, legten wir unsere schönsten Kleider, die wir zur Hand hatten, an. Ich, einen kurzen Plisseerock, er eine Jeanshose, und beide zogen wir noch karierte Hemden mit riesigen, hohen Kragen an, die in diesen Jahren besonders modern waren.

Erst bei der Vermählung lernte ich meine Schwiegereltern und Trauzeugen kennen. Die Zeremonie selbst verlief wie unsere erste Begegnung, meine Zustimmung, Zarko zu heiraten, wie auch mein Entschluss, mit ihm nach Deutschland zu kommen.

"Willst du mich?" - "Ich will dich!" - und alles war im Nu erledigt. Ich glaube, dies war die unpersönlichste und unsinnigste Eheschließung der Welt, die nicht im Geringsten der ähnelte, die ich mir mein ganzes Leben erträumt und ersonnen hatte. Der Vermählung wohnte außer Zarkos kleinen Familie niemand bei. Von den Meinen war keiner anwesend. Sie hatten mir mitgeteilt, dass ihnen das Geld fehlte, um nach Zagreb zu kommen. Vielleicht hatten sie tatsächlich keines, oder womöglich wollten sie gar nicht kommen. Jedenfalls erwarteten sie sicherlich von mir, ihnen das Geld zu schicken, doch ich hatte wirklich keines.

Gleich nach der Trauung aßen wir auf die Schnelle zu Mittag und beeilten uns, den Nachtzug nach Düsseldorf zu erreichen.

In meiner Seele trug ich nur gähnende Leere. Ich fühlte mich meilenweit vom Glück. In mir rührte sich nichts, als hätte ich nicht geheiratet. Zarko war zufrieden, da wir dies nun auch hinter uns hatten. All dies schien mir als hätten wir nur etwas zu Ende gebracht, was getan werden musste. Auf meiner eigenen Hochzeit fühlte ich mich nicht einmal für einen Augenblick als Braut, als glückliche Ehefrau. Ganz im Gegenteil.

Ich fühlte nur einen gewaltigen Abgrund in meiner Seele und dem Herzen. Leise litt ich vor mich hin, und spielte die Glückliche, wobei ich mich anstrengte, dass Zarko nichts bemerkte. Und in der Tat nahm er nichts wahr.

* * * * *

In der Zwischenzeit bekam ich die notwendigen Papiere und habe eine Arbeit in einer Fabrik aufgenommen. Sofort fühlte ich mich anders. Zumindest hatte ich jeden Tag eine Aufgabe und weniger Zeit über meinen Missgriff im Leben nachzugrübeln. Wir verdienten nun beide, was zugleich eine Erleichterung bedeutete, so dass wir etwas Geld zusammensparen konnten und eine größere Wohnung mieteten mit einem Zimmer, Küche und Bad. Immerhin konnten wir einigermaßen normal funktionieren.

Mit steigendem Wohlstand verbesserte sich auch unser Verhältnis bis zu einem gewissen Grade. Wir besprachen alles gemeinsam, aber dennoch fehlte weiterhin etwas.

Jeden Morgen wachte ich mit meinem treuen Begleiter - einer riesigen inneren Leere - auf. Es war ein Gefühl, als hätte ich außer ihr sonst niemanden mehr. Zarko stellte für mich nur einen guten Freund dar. Unser gemeinsames Leben, ausgenommen der gezwungenen Intimitäten, begründete sich auf einem freundschaftlichen und kameradschaftlichen Verhältnis.

Nun war ich eine verheiratete Frau, die erneut ohne Liebe darbte! Einer Liebe, nach der ich mein Leben lang dürstete, die mir immer gefehlt hatte. Jener Liebe, die ich mir erhofft, von der ich geträumt habe. Und ich hatte sie so bitter nötig!

Das Sexualleben von Zarko und mir lief auf reine Pflichtausübung hinaus, auf etwas, was getan werden sollte, um Kinder zu zeugen, und Nachwuchs setzte man in einer Ehe meistens voraus. Alles wurde ohne jegliche Lust und Eifer abgearbeitet. Nach *getaner Pflicht* drehte er sich sofort zur anderen Seite, streckte sich, gähnte kurz und fiel im selben Moment in den Schlaf, wobei er lange und unausstehlich weiterschnarchte.

Und ich, ich lag stundenlang wach daneben, unzufrieden, unausgefüllt und unverwirklicht. Oft weinte ich, wobei ich aufpasste und Acht gab, dass er nichts bemerkte - allein und unglücklich neben meinem Gatten im Bett, leeren Herzens, innerer Leere, leeren und fruchtlosen Schoßes.

Zum Glück sind jetzt andere Zeiten angebrochen und alles ist heutzutage anders. Jetzt verstreichen manchmal einige

Jahre bevor eine Frau schwanger wird und keiner misst dem große Bedeutung bei. Zu jener Zeit war dem nicht so. Gleich nach der Trauung sollte man schwanger werden, ansonsten betrachteten dich alle als *Geltkuh*.

Solche Frauen schienen jedem für deren eh schon schweres Los selbst schuld zu sein. Alle lästerten über sie hinter vorgehaltener Hand oder bemitleideten sie bestenfalls. Sie jedoch waren zu allem bereit, verlassen und betrogen zu werden, außereheliche Kinder ihrer Gatten großzuziehen. Obwohl es nicht selten vorkam, dass nach der Scheidung manch eine mit einem anderen Mann doch schwanger wurde. Das bewies nur, dass man die Schuld an der Unfruchtbarkeit in der Ehe stets auf die Frau abwälzte, was aber nicht immer den Tatsachen entsprach.

Doch, zu jener Zeit stand ich dauernd unter Druck. *Vielleicht bin ich unfruchtbar - ging mir immer öfter durch den Sinn. Womöglich bin auch ich eine von ihnen - dachte ich und weinte heimlich zu Beginn jedes neuen Monatszyklus.*

Ich litt, weil die Zeit verrann, und sich bei mir einfach keine Schwangerschaft einstellen wollte. Das Baby, das ich mir inbrünstig wünschte, kam nicht.

Immer mehr zog ich mich in mein Schneckenhaus zurück. In meinen Augen konnte jeder, der genauer hinsah, einzig Trauer erkennen. Trauer, weil das Baby auf sich warten ließ, Schmerz wegen Zarko, mir...

Tagein tagaus schmerzte mich die Tatsache, dass das Leben, welches ich führte, nicht dem meiner Erwartungen entsprach. Einem Leben voller Liebe und Leidenschaft, von der ich in Romanen gelesen habe. Die Freundschaft und Wertschätzung, die wir zueinander empfanden, reichten nicht aus für ein langes und glückliches gemeinsames Leben. All das vergaß ich in dem Augenblick, als ich von meiner Schwangerschaft erfuhr. Das war der glücklichste Tag meines Lebens. Schon seit dem Aussetzen meines Monatszyklus wusste ich es, wartete aber die Bestätigung des Arztes ab. Als er mir das auch offiziell mitteilte, dachte ich, ich würde abheben.

Nach so vielen langwierigen Versuchen - war ich endlich schwanger! Ich war unsagbar glücklich und wir beide freuten uns riesig!

"Gott sei Dank, Weib!" - hatte Zarko die Angewohnheit mich zu nennen - "nun werden auch wir einen Sohn haben" - und strahlte vor lauter Glück.

„Vielleicht bekommen wir auch ein Mädchen! Ich würde viel lieber ein kleines Mädchen zur Welt bringen!" - setzte ich dagegen an.

Keine Ahnung, weshalb ich davon besessen war, dass ich ein Mädchen bekommen würde. Wahrscheinlich wollte ich diesem Mädchen all die Liebe und Achtung, völliges Verständnis, die Umarmungen und Liebkosungen bieten, die ich so arg vermisst, nie verspürt und niemals von jemandem bekommen habe.

So machte ich mich, getragen von meiner Überzeugung, auf den Weg und besorgte für das Baby alles in Rosa, einschließlich der gesamten Kleidung, die es benötigen würde.

Wie ertappt stand ich plötzlich da. Stefan erblickte das Licht der Welt. Er war das süßeste Baby, das je geboren wurde, entzückend, mit großen Augen und langem, schwarzen, lockigen Haar. Meine erste Freude und mein ganzer Stolz. Diese Freude können nur Mütter empfinden, die lange auf den Segen einer Mutterschaft gehofft und gewartet haben. Man kann sie mit Worten nicht beschreiben. Nur mit dem Herzen lässt sie sich erfühlen. Mein Sohn, mein Erstgeborener, mein Glück wurde geboren! Als ich ihn zum ersten Mal in den Armen hielt, glaube ich, war niemand auf der gesamten Erdkugel glücklicher als ich. Am liebsten hätte ich ihn in mich eingesogen.

Stefan war ein großes, schweres Baby, das häufig weinte und ständig Hunger hatte. Er gedieh, wie Reis im Wasser, wie unsere Großmütter zu sagen pflegten. Vom ersten Tag an war er lieblich und ähnelte einer großen Babypuppe, die man nur in exklusiven deutschen Kinderspielzeugläden kaufen konnte. Während ich ihn im Kinderwagen im Park spazieren fuhr, blieben die meisten Frauen erstaunt stehen und stierten ihn an. Sie sagten mir, nie ein so schönes Kind gesehen zu haben, und ich - ich strotzte vor Stolz.

Doch diese Zeit, die ich den ganzen Tag mit meinem Sohn genießen konnte, währte nur kurz. Zwei Monate nach seiner Geburt musste ich wieder meine Arbeit aufnehmen, weil es das deutsche Recht so vorsah.

Wieder kamen Probleme auf - was tun mit ihm, wohin mit ihm, wer sollte ihn hüten? Ich war auf meine Arbeit angewiesen, denn ein Gehalt reichte nicht zum Leben aus.

Ein ständiger Wechsel von einer zur nächsten Babysitterin setzte ein. Mein Herz blutete, weil ich nicht bei ihm sein konnte. Er weinte, verlangte nach seiner Mutter, doch es nutzte nichts. So musste es sein und daran konnte man nichts ändern. Dies hielt bis zu seinem dritten Lebensjahr an.

Wir alle machten schwere Zeiten durch. In der Zwischenzeit hatte ich Arbeit im Krankenhaus gefunden und unverhofft ergab sich die Möglichkeit, dass mein Sohn in den betriebseigenen Kindergarten aufgenommen werden sollte. Damals wendete sich alles zum Besseren. Wenn ich zur Arbeit kam, ließ ich ihn im selben Gebäude zurück, in dem ich beschäftigt war, und nach der Arbeit gingen wir gemeinsam nach Hause. Unsere Wohnung befand sich nicht weit weg vom Krankenhaus.

Stefan ging weiterhin nicht gerne in den Kindergarten, sondern wollte lieber bei mir bleiben, was aber unmöglich war. Es blieb ihm nichts anderes übrig. Die Erzieherinnen liebten ihn seines fröhlichen Wesens wegen. Nur beim Abschiednehmen weinte er, beruhigte sich aber schnell wieder. Er war ein überdurchschnittlich intelligentes, allseits beliebtes Kind. Alle hatten ihn gern und hätschelten ihn. Mit den Kindern lernte er deutsch, spielte schon im Kindergarten Klavier und stellte an die tausend Fragen täglich. Er wollte einfach alles wissen.

Eine seiner Fragen ruft auch heute noch ein Lächeln auf meinem Gesicht hervor, wenn ich daran zurückdenke. Als wir einmal nach meiner Arbeit und seinem Kindergartenbesuch spazieren gingen, erblickte er im Park eine Schwangere. Er stierte ihren Bauch an und neugierig, mit weit aufgerissenen Augen, fragte er mich:

"Mama, hatte ich in deinem Bauch Schuhe an?"

In diesem kleinen Köpfchen geisterten allerlei Dinge umher!

Mit der Zeit nahm unser aller Leben eine gute Wende.

Wir arbeiteten beide und verdienten solide.

Dennoch ähnelte jeder Tag dem vorhergehenden, aber auch dem darauffolgenden. Mein Leben spielte sich ab zwischen Küche - Arbeit - Kind, aber das Ganze wurde von einer tiefen Unzufriedenheit und Nostalgie begleitet, nur kam ich einfach nicht dahinter, wonach. Jedenfalls nicht nach meinen Eltern, der Geburtsstadt, nach Serbien. Schon immer wollte ich weit weg von Serbien und dem Leben, welches ich daheim geführt hatte, entfliehen. Und nun bin ich in die Ferne gezogen und war weiterhin unzufrieden. Ich fühlte mich wie eine Greisin, war eine erschöpfte, unzufriedene, verbrauchte Frau. Die einzige Freude bereitete mir mein Stefan.

Dann ging mir ein Licht auf. Die Liebe! Sie fehlte mir.

Ich konnte mich niemandem anvertrauen und meinen Kummer ausschütten, da ich wusste, dass mich von der Handvoll Freundinnen, die ich hatte, keine verstünde. Jede, der ich so etwas offenbaren würde, dächte, ich sei nicht mehr normal und würde mich fragen, was ich denn noch mehr vom Leben erwartete. Ich hatte einen Mann, ein wunderbares Kind und ein relativ schönes Leben.

So betrachtet, würde jeder sagen, und viele waren auch der Überzeugung, dass wir die glücklichste Familie der Welt seien.

Dem war nicht so. Zwischen uns stand eine Leere, ein abgrundtiefes Loch und ich spürte das mit meiner ganzen Seele! Oft fühlte ich mich in meiner eigenen Haut eingeengt, dass ich darin Gefangene sei und herausbrechen möchte. In die Freiheit! Zarko störte gar nichts. Für ihn war die Welt in Ordnung. Er erachtete es als wichtig und begnügte sich damit, mit Essen und Trinken versorgt zu sein und uns alle gesund zu wissen.

Mehr benötigte er nicht. Ich jedoch litt vor mich hin. Mit der Zeit verwandelte sich die Trauer in Pein. Von Tag zu Tag fühlte ich mich immer miserabler.

Unseren Urlaub verbrachten wir bei Zarkos und meinen Eltern. Vor seiner Familie tat ich so als herrschte in unserer

Ehe Einklang, dass ich glücklich und zufrieden wäre. Selbstverständlich statteten wir auch Mirko und Ivana einen Besuch ab. Ihre Nina war schon zu einem großen Mädchen herangewachsen, spielte aber dennoch gerne mit Stefan. Auch Ivana konnte ich meine Drangsal nicht anvertrauen. Wie wunderbar sie als Frau auch sein mochte, dennoch war ihr Mann mit Zarko verwandt. Sie brächten mir sicherlich kein Verständnis entgegen.

Die Meinigen freuten sich über unsere Besuche oder zumindest hatte ich diesen Eindruck. Natürlich überschütteten wir sie immer mit Geschenken, aber auch mit Geld, obwohl sie jetzt auch schon besser lebten. Meine Brüder hatten in der Zwischenzeit bereits ihre Berufe abgeschlossen.

Mihailo konnte sich allmählich etwas abnabeln und war nicht mehr so ängstlich. Er ist Automechaniker geworden, hatte seine Werkstatt eröffnet und arbeitete endlich *selbständig*, außer dass er weiterhin zu sehr an Mutters Rockzipfel hing. Ihre Wünsche und Befehle waren ihm Gebot. In ihren Augen wollte er immer gut sein, was ihm im Leben nur Probleme bereitete.

Mitar hatte die Gastgewerbeschule zum Kellner abgeschlossen, was ihm später von Hilfe war, sein eigenes Café zu eröffnen. Doch ihn hielt kein Ort. Bald darauf schloss er es und ging dann ins Ausland, nach Frankreich, um dort zu leben.

Nie habe ich Mutters Tränen vergessen, die sie an dem Tag als sie hörte, ich ginge nach Deutschland, vergossen hatte. Tief in meinem Inneren wünschte ich mir, dass diese all ihr Unverständnis und ihre Abneigung mir gegenüber weggespült, die Kluft, die uns trennte, ausradiert haben und sie sich endlich als die Mutter offenbarte, auf die ich zählen konnte. Dennoch lag ich falsch, es war nicht so.

Als ich im Urlaub dieses Thema, welches mich peinigte, ansprechen wollte und mich ihr anzuvertrauen versuchte, lautete ihr Kommentar:

"Dir sollte man den Hintern versohlen! Du weißt nicht, was du willst!" Mir tat es leid, ihr überhaupt etwas gesagt zu haben, aber es war schon zu spät.

Gesagt ist gesagt - dachte ich und bereute meine Leichtgläubigkeit.

Ich konnte mir nicht verzeihen, vergessen zu haben, dass ich von meiner Mutter niemals und in keiner Angelegenheit ein Wort der Unterstützung bekommen habe noch erhalten werde. So etwas konnte es für sie, zumindest was mich betraf, nicht geben. Dann wiederum, so selbstunsicher wie ich war, fing ich an, mir Vorhalte zu machen.

Immer häufiger grübelte ich: *Ob der Fehler an mir läge? Dasselbe würden alle aus meinem Umfeld sagen. Vielleicht war meine Mutter doch im Recht. Was verlangte ich noch mehr vom Leben? Womöglich übertreibe ich! Immer bin ich unzufrieden und verlange und möchte mehr!* Immer mehr nahm mich dieses beklemmende Schuldgefühl ein, welches ich so sehr hasste und das mir keine Ruhe ließ. *Womöglich trage ich die Schuld daran, weil es zwischen mir und meinem Mann keine Liebe gab, keine wahre Liebe und Verbundenheit.*

Doch Gefühle kann man nicht steuern.

So sehr ich auch alle Gespräche zum Thema Ehe, Liebe und Nähe zum Gatten mied, waren diese häufiges Gesprächsthema unter den Frauen, die ich von der Arbeit kannte oder die von Zeit zu Zeit zum Kaffeetrinken kamen. In diesen Augenblicken pflegte ich zu schweigen oder versuchte das Thema zu wechseln, da mich ihre Prahlereien zutiefst trafen. Ich fühlte mich unwohl, weil ich nicht in der Lage war zu lügen, die Wahrheit weder zu sagen wagte noch aussprechen konnte.

"Mein Sloba und ich lieben uns täglich!" - kicherte Radmila zufrieden, eine unserer Bekannten, mit der wir uns regelmäßig trafen. Man konnte auch sehen, dass sie sich liebten, sich nahe standen. Aus ihren Blicken sah man, dass sie Eins waren, eine Einheit aus zwei Menschen. Sie hatten ein erfülltes und vollkommenes Leben, Zarko und ich dagegen nicht. In unserer Ehe war vom morgendlichen Erwachen bis zum Schlafengehen alles eingespielt und verlief nach Gewohnheit. Unser gesamtes Tun verlief schablonenhaft, wie nach einer im Vorfeld festgelegten Vereinbarung. Alles verstand sich von selbst, so dass sich zu alledem auch unser Sex von

nichts in unserer Ehe unterschied - es war nur noch ein ab-
gehakter Punkt an der Tagesordnung in unserem eingefahrenen Wochenplan, in der Regel auch immer ohne Bedürfnis
nach Intimität, ohne Leidenschaft und wahrer Liebe.

Immer wieder von neuem kam ich zum Schluss - dass zwischen uns keine richtige *Chemie* bestünde, kein echter Einklang, dass etwas nicht in Ordnung sei und wir niemals füreinander geschaffen waren.

Während ich unzufrieden und enttäuscht im Dunkel des
Zimmers das Licht- und Schattenspiel an der Wand beobachtete, Zarkos Schnarchen lauschte und die vorüberrauschen-
den Autos zählte, träumte ich von etwas anderem, fernen und
unerreichbaren - vom echten Gefühl, wenn du mit jeder Faser
deines Körpers spürst, dass du jemanden liebst und diese Gefühle von der geliebten Person erwidert werden.

Und zum wer weiß wievielten Male verfolgte mich dieses
Schuldgefühl, dass es fortwährend um mein Scheitern ging.
Ich fürchtete mich, womöglich als unzufriedene Person zur
Welt gekommen zu sein, wie meine Mutter auch, dass ich viel-
leicht dieses Merkmal von ihr geerbt habe.

Je mehr Zeit verstrich, desto häufiger spielte ich zunächst
zaghaft mit dem Gedanken, mich auf die Suche nach dem, was
mir fehlte, zu machen, nach Liebe und Zärtlichkeit, die ich in
meiner Ehe vermisste. Anfangs wies ich diese Gedanken mit
Widerwillen von mir ab, aber mit der Zeit gewöhnte ich mich
daran. Schließlich akzeptierte ich diese Idee als etwas, was
man vielleicht einmal ausprobieren sollte. Aber wie? Wo? Mit
wem?

Niemand machte Anstalten, mich zu umwerben, ausgenommen meinem Chef, der genau meinem Geschmack entsprach;
adonisgleich, schwarzhaarig, mit blauen Augen. *Schon wieder
diese blauen Augen - ging mir durch den Kopf. Dennoch wollte
ich meinen Chef nicht haben. Mir erschien das zu risikoreich. Wir
arbeiteten zusammen und alles würde sofort auffallen. Und da
ich nicht die geringste Erfahrung in diesen Dingen hatte, wüsste ich nicht, wie ich mich in dieser Situation zurechtgefunden
hätte.*

Mir blieb nur die Hoffnung, einem Mann zu begegnen, mit dem ich all meine Sehnsüchte durchleben könnte. Meine Entscheidung stand fest - Ich werde warten, werde sehen, was ich machen würde und wie ich es anstellte, wenn die Zeit dafür gekommen ist und sich eine solche Gelegenheit jemals ergäbe.

Langsam wuchs in mir der Entschluss, in meinem Leben etwas grundlegend verändern zu müssen, dass ich etwas tun musste, was mich von dieser angehäuften Unzufriedenheit befreien würde. Sicher war ich mir einzig nicht darüber, was ich genau wollte und wie stark ich sei, denn ich wollte alles verändern, einen Punkt auf mein gesamtes bisheriges Leben setzen und ein neues finden.

Viel leichter fiel es mir, neu zu definieren, was ich eigentlich wünschte und wollte, als den Entschluss dazu zu fassen, auf welche Art und Weise man es tun sollte.

Genauso wie ich mir, als ich noch ein kleines Mädchen war, in den Kopf gesetzt hatte, das Elternhaus zu verlassen und der Armut und dem Elend zu entfliehen, so habe ich mir nun fest zum Ziel gesetzt, ein schöneres und glücklicheres Leben als bisher zu wünschen. Tief im Innersten glaubte ich, dass auch das früher oder später eintreffen würde. Irgendwie wusste und fühlte ich es.

In meinen Vorstellungen habe ich immer einen großen, kräftigen Mann gesehen, der bereit wäre, mich auf Händen zu tragen und mir jeden Wunsch von den Lippen zu lesen. Wir lieben uns, genießen alles gemeinsam, haben weitere Kinder und sind glücklich, von Wohlstand umgeben.

* * * * *

Von der Erfüllung meines Traumes trennten mich noch Welten. Unsere Ehe schleppte sich irgendwie von Monat zu Monat vor sich hin, auch wir hielten irgendwie Schritt und bemühten uns, etwas zur Seite zu legen. Es sammelte sich etwas Geld an und wir kauften davon ein Grundstück in Serbien mit der Absicht, uns ein Haus zu bauen.

Nach dem Grundstückskauf beruhigte ich mich ein wenig. Ich redete mir ein, dass vielleicht bessere Zeiten auch für uns beide anbrächen. Wir hatten einen wunderbaren Sohn, der zumindest bis zu einem gewissen Grade, die gewaltige Leere in meiner Seele auffüllen konnte. Er war der hellste Punkt in meinem Leben. Das Grundstück hatten wir ja bereits gekauft, in Gedanken malte ich mir schon unser Haus darauf aus. Eine neue Hoffnung kam auf, dass auch unser gemeinsames Leben besser würde. Ich wollte daran glauben, dass vielleicht auch Zarko und ich uns einmal näherkämen oder gar lieb gewännen. Diese Hoffnung brachte mir etwas Lebenswillen zurück.

Ich freute mich auf unser noch nicht existierendes Heim, das wir eines Tages unser Eigen nennen würden. Meine Seele erfüllten Träumereien darüber, wie unser Sohn sein eigenes Zimmer haben würde, nur für sich allein, wie ich es mir immer gewünscht, aber nie gehabt habe, dass er einen wunderschön gepflegten Garten haben würde, in dem er nach Lust und Laune spielen könnte. So vergingen mit meinen Schwärmereien und Hoffnungen noch weitere drei Jahre.

Stefan war schon herangewachsen als ich erfuhr, dass ich wieder schwanger sei. Während ich Stefan austrug, hatte ich nicht die geringsten Bedenken, dass etwas schief laufen könnte. Ich war mir sicher, ein gesundes Kind zur Welt zu bringen und dass alles gut werden würde. Aber im Verlaufe meiner zweiten Schwangerschaft begannen sich sonderbare Dinge abzuspielen, die sich später des Öfteren auf ähnliche Weise zutragen werden.

Damals als sie einsetzten, verstand ich sie nicht und maß ihnen keine große Bedeutung bei, aber später, mit den Jahren wurde ich weiser. Ich erkannte langsam, dass mich eine seltsame Macht auf nur ihr bekannten Wegen führte und mir Zeichen und Botschaften schickte, die ich erkennen sollte. Lange verstand ich sie nicht. Heute verstehe ich sie zu genüge, erkenne sie und bin auf der Suche nach ihnen.

Ich strotzte vor Glück meiner Schwangerschaft wegen, wollte endlich mein kleines Mädchen kriegen und Stefan ein wundervolles Schwesterchen schenken. Trotz der Freude fühlte ich in meiner Seele insgeheim eine unbestimmte Angst, deren Ursache und Grund ich nicht erfassen konnte. Ich bangte ständig davor, dass etwas schieflaufen würde.

"Verschon uns von diesen dummen Gedanken, Frau! Warum sollte etwas schieflaufen? Stefan ist ein normales und gesundes Kind. Du gehst regelmäßig zu den Kontrolluntersuchungen und alles läuft nach Plan"- ärgerte sich Zarko, wann immer ich mich bei ihm beschwerte.

Dennoch war ich nicht in der Lage, etwas für das Baby zu kaufen; es wollte mir einfach nicht von der Hand gehen.

Die Nacht vor der Entbindung, träumte ich einen sonderbaren Traum, wie ich barfüßig über eine Wiese schreite, die von bunten Feldblumen übersät war. Mit bloßen Füßen zertrat ich die erblühten zarten Knospen, und diese kitzelten mir neckisch meine Fußsohlen. Fröhlich hüpfte ich mit ausgebreiteten Armen umher und umfasste die gewaltige Weite, die sich vor mir erstreckte.

Plötzlich hörte ich eine Stimme, die aus der Ferne nach mir rief. Es war die meines verstorbenen Großvaters, meines lieben Opas, den ich einzig liebte und dem einzigen Wesen, von dem ich geliebt wurde; meines Großvaters, der Jesus ähnelte. Er rief meinen Namen. Wie entfernt sie auch sein mochte, wurde seine Stimme immer deutlicher.

Er schrie mir zu, umzukehren und nicht mehr weiter zu laufen. Aber diese endlose Blumenwiese lockte mich weiterhin, als hätte mich diese unüberschaubare bunte Blütenpracht mit ihrer Herrlichkeit verzaubert. Ich rannte, als wollte ich vor dieser lieben Stimme davonlaufen, fiel auf die Knie, rappelte mich wieder hoch und spurtete mit Riesensätzen weiter, er jedoch rief mir zu, stehenzubleiben, umzukehren, dass es noch zu früh sei.

Doch ich lief weiter, trat die Blumen nieder, deren Stängel immer höher, die Blütenblätter immer größer wurden. Die Blumen reichten zunächst bis zu meinen Knien, später bis zu den Hüften. Sie schossen regelrecht vor meinen Augen empor. Am Schluss konnte ich sie nur noch mit Mühe durchdringen, da sie schon meinen Nabel und die Brust überragten. Ich fand sie nicht mehr so herrlich.

Sie erschienen bedrohlich und flößten mir immer mehr Angst ein. Von Opas panikartigem Geschrei, dem rasenden

Zurufen meines Namens, erwachte ich unverhofft. Ich zitterte vor einem unerklärlichen Schauder, den ich empfand, vor Panik und einer bösen Vorahnung, war verzweifelt, dass ich nicht wusste wovor, es aber erahnte.

"Herr im Himmel, hilf, mach bitte, dass mit meinem Baby alles gut geht!" - wisperte ich.

Ich flehte Gott an und rüttelte mich vor Furcht, als hätte ich Fieber.

* * *

Bei Morgengrauen setzten die Wehen ein. Da es nicht meine erste Schwangerschaft war, wusste ich was folgte. Die Geburt hatte begonnen. Eiligst wurde ich ins Krankenhaus gebracht. In relativ kurzer Zeit lag ich schon auf dem Entbindungstisch.

"Atmen! Tief einatmen! Nun anspannen! Pressen! Pressen! - erteilte mir mein freundlicher Doktor Anweisungen.

Mit aller Macht versuchte ich seine Ratschläge genauestens zu befolgen. Ich bemühte mich, aber etwas lief nicht, wie es laufen sollte. Als hätte das Baby keine Lust gehabt, die Wärme meines Leibes zu verlassen. Ich spannte mich an und presste mit aller Kraft und dachte, meine Augen platzten aus den Augenhöhlen vor Anstrengung heraus.

Mit einem schmerzerfüllten Schrei, der sich meinem Mund entriss, erhallte im Geburtssaal auch das leise Wimmern meines neugeborenen Babys. Erleichtert atmete ich tief ein, erlöst von meinen starken Geburtsqualen. Schon breitete sich Vergessenheit darüber aus, während ich mit dem Blick mein kleines Mädchen suchte. Ich sah, wie die Hebamme sie unter einem Wasserstrahl wusch, konnte aber auch die Kinderärztin sehen, die zu ihr kam, sie genauer anschaute und mit dem Stethoskop ihre Herzschläge und die Atmung abhörte.

"Zeigen Sie der Mutter das Mädchen" - sagte die Ärztin. Ich erblickte ein wunderhübsches Mädchen mit Stupsnase, leicht offenen Lippen und mit großen, weit geöffneten blauen Augen. Sie schaute mir direkt in die Augen als wüsste sie, wer ich sei. Ich hatte den Eindruck, ihr Blick wollte mir etwas sagen. Augenblicklich wollte ich sie in den Arm nehmen, sie an meine Brust schmiegen, knuddeln und liebkosen. Mir war klar, dass man sie mir nicht geben würde, deshalb versuchte ich sie mit meinem Blick gänzlich zu erfassen.

Dann richtete sich mein Augenmerk auf ihre Händchen und Füßchen. Sie schienen mir viel zu dick, sonderbar groß im Verhältnis zum restlichen Körper, irgendwie angeschwollen.

Als sie meinen verwunderten Gesichtsausdruck bemerkte, kam die Ärztin an mein Bett. Sie drückte meine Hand und wendete sich leise an mich:

"Liebe Frau, es tut mir Leid, wir müssen das Mädchen sofort in eine Spezialkinderklinik zur Untersuchung verlegen. Ich denke, Sie haben schon selbst bemerkt, dass mit ihr etwas nicht stimmt, wahrscheinlich handelt es sich um eine angeborene Herzanomalie. Ich weiß, wie Sie sich fühlen, aber bitte nehmen Sie das Ganze mit Ihrem Verstand auf und warten Sie die Resultate der Analysen, die gemacht werden müssen, ab. Uns bleibt nur noch Glaube und Hoffnung, dass alles gut ausgehen wird.

Um mich herum begann sich alles zu drehen. Die Gestalt der Ärztin, deformiert und verwandelt in einen Mund, der dauernd wiederholte ... mit ihr stimmt etwas nicht ... angeborene Herzanomalie ... mit ihr stimmt etwas nicht ... angeborene Herzanomalie ... wechselte mit dem Bild der vergrößerten Füßchen und Händchen meines Mädchens ab. Auch der gesamte Geburtssaal kreiste um mich herum, mit all den Instrumenten, die auf dem Wägelchen neben dem Tisch gestapelt lagen, und verwandelte sich in eine riesige Wiese mit gigantischen Feldblumenstängeln. Erneut sah ich mich über diese Wiese Richtung Licht wandeln und hörte die Stimme meines Großvaters, der mir etwas zurief.

Ich bemühte mich, wach zu bleiben, wusste aber genau, dass ich in Ohnmacht versinken werde. Das Letzte, was ich noch sah, waren Hände, die mein Mädchen, meine Irena, von mir forttrugen, dorthin, diesem Licht entgegen. Aus jenem unerträglichen Gleißen, in dem ihre Gestalt entschwand, schauten mich nur noch große, blaue Augen an, als wollten sie für immer mein Antlitz einsaugen. Augen, die mir mit ihrem himmlischen Blau zu sagen schienen, dass sie mich zum ersten und letzten Mal sähen. Augen, von denen ich in meinem berstenden Herzen wusste, dass es die Ihren waren und mich erst- und letztmalig anblinzelten.

Ich weiß nicht, wie lange ich ohne Bewusstsein gewesen bin. Ebenso wenig wusste ich, was in der Zwischenzeit vorgefallen ist. Als ich aufwachte, war ich mir einzig im Klaren, dass sie mir mein Mädchen entrissen und geraubt hatten.

Ich habe sie nie wieder gesehen. Wie sehr sich auch alle im Krankenhaus bemühten, mir gegenüber zuvorkommend und freundlich zu sein, konnte ich sie nicht ertragen. Sie traf keine Schuld, aber meinen Schmerz wandelte ich zunächst in Hass, mir und Zarko gegenüber um, dann auch gegen all jene, die irgendetwas mit dem Tod meines Mädchens zu tun hatten.

Von diesem Augenblick an bis zum heutigen Tag fühle ich denselben Schmerz, nur dass ich jetzt gelernt habe, damit zu leben. Damals meinte ich, sterben zu müssen. Im Grunde wollte ich das auch.

Unzählige Male grübelte ich darüber nach - was Opa mir im Traum zu sagen gedachte. Wollte er mich *warnen* und auf den Tod meines kleinen Engels *vorbereiten*? Mich warnen, dass auch ich stürbe, wenn ich weiterliefe? Die Antwort fand ich nie heraus.

Nach der Geburt fühlte ich mich elendig. Lange Zeit verbrachte ich noch im Krankenhaus. Am Schmerzlichsten war, dass sie mir nicht einmal gestatteten, zur Beerdigung meines Kindes zu gehen.

"Sollte sie der Beerdigung beiwohnen, können Sie ruhig noch einen Sarg bereitstellen!" - sagte mein Arzt mit ernster Miene und energisch.

Am Schlimmsten war, dass man mir nicht erlaubte, mich von meinem Engelchen zu verabschieden. Man nahm sie mir für immer weg. Hätte ich sie wenigstens ein Mal in meine Arme nehmen können, ein einziges Mal nur ihren winzigen Körper berühren, ihren Duft einatmen können.

Vielleicht hätte ich ihr ein bisschen von meiner Kraft abgeben, ihr zu genesen helfen können, damit sie schnellstmöglich in meinen Schoß zurückkehrte und Freude in unser aller Leben bringen könnte. Man brachte sie weit fort von mir und ich habe sie nie mehr wieder gesehen. Mein Mädchen, uns waren nur einige kurze Minuten vergönnt. Sie verstarb sechs Tage danach. Zusammen mit ihr, starb auch ein großer Teil meiner selbst.

Sie wurde in einem kleinen weißen Sarg beerdigt, wie ein richtiger kleiner Engel und mit ihr trug man auch einen Teil meiner Seele zu Grabe. Man informierte mich, dass sie an einem Herzfehler gestorben sei, einer für sie unbekannten Krankheit, von der sie nicht einmal wussten, ob sie erblich ist oder von wem sie herrührte.

Für mich existierte nichts mehr, nur noch Schmerz und ein unsägliches Schuldgefühl, dass ich als Mutter, Ehepartnerin und Frau versagt habe. Ich habe mein Kind verloren!!! Mein, eben geborenes Kind.

Die Schuld gab ich mir. Ich wollte weder jemanden sehen noch hören. Nur einen Wunsch hegte ich, nämlich, die Augen zu schließen und zu sterben, zu verschwinden. Alle gingen mir auf die Nerven. Ich verabscheute alles! Das verfluchte Deutschland, Zarko, meine Kolleginnen, die mir immer beigestanden hatten, die Nonnen aus dem Krankenhaus, in dem ich gearbeitet habe!

Niedergeschlagen betrachtete ich Stefan, meinen lieben Jungen, und besaß weder Kraft noch Mut, mich wenigstens ihm zuzuwenden. Ich fürchtete mich auch bei ihm etwas zu vermasseln...

Instinktiv spürte er, dass ich nicht mehr dieselbe, einstige Mama, die er mal hatte, bin. Er versuchte mich auf kindlich naive Art zu trösten, mir zu zeigen, dass er mich brauchte. Seine Händchen wand er um meinen Hals, schmuste mit mir und bat mich, mit dem Weinen aufzuhören:

"Mami, du kriegst eine andere Irena! Weine nicht mehr." Er war noch immer ein richtiges Kind. In seinem Intellekt ließ sich alles so einfach lösen. Er wusste nicht, dass dies unmöglich sei.

Trotz des heftigen Schmerzes bewahrte ich zum Glück noch eine Spur normalen Menschenverstandes in mir auf. Ich begriff, dass mein Verhalten meinem Sohne gegenüber nicht in Ordnung war, und ich so tatsächlich noch Schlimmeres hervorrufen könnte und damit zeigen würde, eine schlechte und verantwortungslose Mutter zu sein. Mir wurde klar, dass ich Stefan all meine verbliebene Liebe entgegenbringen musste, da er allzu klein war, um solch ein Leid mit mir zu teilen.

Ich konnte und durfte ihm das, was ihm zustand, nicht vorenthalten - meine Mutterliebe.

Es musste vorwärts gehen - ob ich wollte oder nicht. Ich hatte meinen Stefan.

Diese Monate waren für mich wirklich die Hölle. Trotz verloren gegangenen Lebenswillens musste ich weiterleben. Nur der Gedanke an meinen kleinen Sohn gab mir die Kraft, zu überleben und auszuharren.

Allmählich und mit größter Mühe fand ich ins Leben zurück. Aber die bereits gewaltige Leere, die sich in ein Loch und einen Schmerz, den ich in der Seele spürte, verwandelte, führte dazu, dass ich nur noch eines wollte - zurück nach Hause. Dorthin, wo mich nichts und niemand mehr an Deutschland erinnern würde, jenes Land, welches mir für immer mein Allerliebstes geraubt hatte, das Land, in dem ich das Grab meines Kindes für immer zurücklassen werde.

Ich gab Deutschland die Schuld an dem Verlust meines Mädchens. Aus dem Innersten meiner Seele hasste ich dieses Land mit allem darin Befindlichen. Ich empfand es als einzigen Schuldigen und größten Feind zu meinem Glück und Frieden, was ich mir sehnlichst erhoffte. Nach allem hegte ich nur noch einen Wunsch, mich des herzzerreißenden Schmerzes zu entledigen.

Rückkehr nach Serbien

Auf mein Beharren hin kehrten wir nach einigen Monaten nach Serbien zurück. Obgleich ich mich damit abfinden musste, dass meine Träume vom Aufbruch, von einem besseren und glücklicheren Leben an einem anderen Ort und in einem anderen Land ins Wasser gefallen sind, wollte ich fortgehen, um zu versuchen, meinen größten Schmerz zu verwinden.

Ich dachte, dass ich mich besser fühlen würde, wenn ich in meine Heimat zurückkehrte, ich leichter darüber hinwegkommen, schneller vergessen werde. Aber, ich täuschte mich. Weiterhin trug ich meine Trauer als eine allzu schwere Bürde in mir. Ziemlich bald begriff ich, dass Flucht und Distanz vom Ort, wo meine Tochter begraben liegt, meine qualvolle Pein nicht auslöschen konnten. Ganz im Gegenteil, ich fühlte mich noch erbärmlicher.

Nicht einmal die Grabstätte meines Kindes konnte ich mehr besuchen und wenigstens so ihre Nähe fühlen, mich ausheulen, ihr mein Leid klagen und ihr all die zärtlichen Worte der Liebe, die ich in mir trug und ihr nicht sagen konnte, übermitteln. Für mich ging alles nur noch mehr den Bach hinunter und wurde mit jedem Tag schlimmer.

Zarko erlebte und verarbeitete alles auf seine Art. Der Umstand, dass wir uns nie nah genug standen, führte dazu, dass wir einander nach allem, was vorgefallen war, noch fremder wurden. Weder er kümmerte sich darum, was ich durchlebte, noch interessierte mich, was er empfand. In einfachen Worten, hatten wir füreinander kein Interesse mehr. Die Rückkehr nach Hause ähnelte immer mehr dem Anfang vom Ende unserer Beziehung. Der Tod unserer kleinen Irena vertiefte nur noch die Kluft zwischen uns und baute beiderseits eine Riesenwand von Gleichgültigkeit auf.

Es war mir vollkommen egal, wohin er ging und was er machte, genauso auch ihm, was mich betraf. Wir lebten zusammen, um den Anschein aufrechtzuerhalten, wir wären noch ein Paar und zögen unser Kind gemeinsam groß. Unsere Ehe basierte auf reiner Gewohnheit, Gleichgültigkeit und vollkommenem Desinteresse.

Stefan gedieh, wie unser Volk sagen würde - wie Bambus im Wasser. Zumindest er war glücklich und zufrieden, spielte mit den übrigen Kindern auf der Wiese vor unserem Haus, welches sich immer noch in der Bauphase befand. Er war mein ein und alles, nur er und niemand sonst.

Allein der Hausbau konnte mich auf andere Gedanken bringen. Das war der einzige Berührungspunkt und alleiniges Thema, über das Zarko und ich uns unterhielten. Deshalb stellten wir unser armseliges und sinnentleertes Leben hinten an.

Lediglich meine rege Teilnahme an den Arbeiten am Haus sicherte mir die Flucht vor meinem Leiden und allen anderen Problemen und Bedürfnissen in meinem Leben. Für mich hatte es eine große Bedeutung, mein eigenes Haus zu besitzen, welches ich nach selbstentworfenen Plänen ausbauen und einrichten würde.

Wir verbrauchten unsere gesamten Ersparnisse aus Deutschland, bauten es jedoch fertig. Es war geräumig und konnte nach Bedarf in zwei komfortable Wohnungen aufgeteilt werden. Wir richteten es mit den bisschen alten Möbeln, die wir schon besaßen, ein. Dennoch fand ich es schön und war zufrieden, denn es war mein Haus, unser Haus.

Dafür hatten wir beide große Opfer gebracht und hart gearbeitet. Obwohl wir es nicht gleich nach unseren Vorstellungen gestalten konnten, tröstete uns der Gedanke, mit der Zeit das Fehlende allmählich hinzuzukaufen und es später wunschgemäß einzurichten.

Doch dann, wie ein Blitz aus heiterem Himmel, stellte sich heraus, dass ich erneut schwanger war. Panische Angst ergriff mich, dass sich das Grauen, welches ich mit Irena durchlebt hatte, wiederholen könnte...

Stefan war überglücklich und freute sich auf sein Brüderchen. Sein Stimmchen hallte über die Wiesen während er den anderen Kindern stolzerfüllt erzählte, dass ihm die Mutter einen Bruder schenken würde. Der Entschluss, dieses Kind nichtsdestotrotz auf die Welt zu bringen, wurde immer stärker und fester, größtenteils seinetwegen. Ich wollte ihm seinen Wunsch erfüllen, nicht allein aufzuwachsen, einen Bruder oder eine Schwester an seiner Seite zu haben.

Aber schon ziemlich bald stellten sich Probleme mit meiner Schwangerschaft ein. Es bestand die Gefahr einer Fehlgeburt. Der Arzt riet mir sogar zu einer Abtreibung, was ich jedoch nicht mehr hinnehmen wollte. Obwohl ich anfangs noch unschlüssig war, siegte allmählich die Überzeugung, dass alles gut ausgehen würde. Deshalb wies ich diese Möglichkeit mit Nachdruck von mir ab und erwiderte ihm, dass ich spürte, alles entwickelte sich zum Besten.

Es war auch keine Lüge. Ich wusste es. Schlichtweg war ich mir dessen bewusst, wie, war mir selbst nicht klar.

Als ich mit Irena schwanger war, hatte ich keine Probleme, aber eine innere Stimme warnte mich, etwas würde schieflaufen. Bei dieser Schwangerschaft wusste ich mit Sicherheit, dass alles gut verlaufen würde, obwohl ich eine Therapie zu deren Erhaltung kontinuierlich über mich ergehen lassen und die ganzen neun Monate das Bett hüten musste. Woher diese Zuversicht herrührte, ist mir auch heute noch unerklärlich, als habe mich eine übernatürliche Macht geführt, ermutigt und mir Kraft gespendet.

"Sie müssen abtreiben! Sind Sie noch bei Sinnen? Sie setzen sich dem Risiko aus, ein krankes Kind auf die Welt zu bringen! Seien Sie zufrieden, dass Sie ein gesundes haben. Beschwören Sie nicht den Teufel herauf!" - tobte Doktor Grujic - "in einer halben Stunde erwarte ich Sie im Operationssaal!" - und rannte wie von Furien getrieben aus dem Zimmer.

Weinend blieb ich zurück, mein Entschluss stand jedoch schon fest: *Kommt überhaupt nicht in Frage! Das lass ich nicht zu, ich bringe mein Kind zur Welt, komme was wolle!* In diesem Augenblick betrat Doktor Isakovic das Zimmer. Sofort spürte ich, dass er ein wunderbarer Mensch sei. Seine sanftmütigen, warmen Augen flößten mir zugleich Vertrauen und Sicherheit ein.

"Wenn Sie dieses Kind, ungeachtet aller Gefahren und Schwierigkeiten unbedingt wollen, werden Sie es haben! Sie müssen es sich nur mit Ihrem ganzen Wesen und all Ihrer

Kraft wünschen. Und denken Sie immer daran, dass alles ein gutes Ende nehmen wird" - betonte er mir.

Diese Worte legten sich wie Balsam auf meine wunde Seele und ich sah in ihm Gott, der mir beistehen würde.

"Wenn die Zeit dafür kommt, entbinde ich Sie und Sie werden sehen, dass alles gut geht!" – drückte er meine Hand.

Dieser Händedruck flößte mir zusätzlich Kraft und Zuversicht ein. Und alles verlief nach Plan. Am Tag meiner Entbindung habe ich definitiv begriffen, dass man sich nie seinen negativen Gedanken hingeben dürfe und immer positiv denken müsse. Auch später in meinem Leben wird sich dies als einzig richtige und erfolgreiche Art zur Bekämpfung von allerlei Missgeschicken erweisen.

So wurde mein Sohn Darko geboren. Wie er schon versprochen hatte, half mir Dr. Isakovic, meinen zweiten Sohn auf die Welt zu bringen. Ein großer Bub, durch und durch gelb, wie ein Chinese wegen der Unmenge an Tabletten zur Schwangerschaftserhaltung, jedoch mit großen blauen Augen, selbigen wie sie auch meine Irena hatte, erblickte das Licht der Welt. Mein Gott! Wie sich meine Gefühle innerlich aufwirbelten, welch enormer Schmerz und welch übermäßige Freude zugleich!

Ich hatte den Eindruck, Irena wäre in Darko wiedergeboren worden. Was für immer in meinen Erinnerungen bleiben wird, sind ihre großen, weit geöffneten blauen Augen. Darko hatte genau dieselben, *ihre* Augen! Seine Augen führten mich in die Vergangenheit zurück.

Wenn ich Darko in die Arme schloss, fühlte es sich an als hielte ich sie in den Armen. Wegen Darkos Ähnlichkeit mit Irena und jenem Gefühl, sie durch ihn gewissermaßen zum Teil wiederbekommen zu haben, war ich ihm gegenüber immer milder, nachgiebiger und nachsichtiger im Gegensatz zu Stefan.

So war es auch später. Es verstand sich irgendwie von selbst, dass Stefan stets alles wusste und konnte. All den kindlichen Streichen zum Trotz ist er ein gutes Kind, ein ausgezeichneter Schüler, bester Student, ein entschlossener, großartiger

Mensch gewesen, den alle liebten. Immerzu wusste er, was er wollte und erzielte das auch stets, schon von Kindesbeinen an. Es verstand sich allzeit irgendwie von selbst, dass Stefans Wissen und Können außerordentlich waren.

"Mach dir keine Sorgen, Mutti" - pflegte er ständig zu sagen - "alles ist unter Kontrolle!"

Immerwährend gut gelaunt, lachte er, zumindest mit seinen fröhlichen Augen, war ein hervorragender Schüler, tüchtig und unter Freunden beliebt, wie auch sportbegeistert. Mit der Zeit wuchs er zu einem starken, stattlichen jungen Mann mit Muskeln *wie aus Stahl* heran. Er mauserte sich zu einem schönen Burschen mit schwarzen Haaren und dunklen Augen, immerfort von Freunden umgeben, die ihn ständig irgendwohin einluden, so dass er niemals zur Rast kam.

Darko hingegen war stets weichlich, gutmütig, feinfühlig und verschmust, also völlig anders als Stefan. Nicht immer ging ihm alles von der Hand. Großgewachsen, hager, mit blauen Augen und hellem Haar, das mittlerweile beim Heranwachsen dunkler geworden ist. Als beide noch klein waren, nahm Stefan immer die Rolle des älteren Bruders, gleichzeitig auch Beschützers ein, nahm ihn überallhin mit und verteidigte ihn vor jedem.

* * * * *

Eigentlich sollte alles gut sein. Ich hatte meine zwei Jungs, die mir Lebensenergie spendeten und mich glücklich machten. Meine beiden Knaben gediehen, das Leben ging wie gewohnt weiter, nahm seinen eingefahrenen und üblichen Verlauf und dem Anschein nach mutete alles an, ungetrübt und perfekt zu sein. Doch nur dem Anschein nach

Denn ich versank wieder in den Abgrund der Unzufriedenheit und Sehnsucht, einer Sehnsucht nach etwas, doch ich wusste nicht wonach oder durfte es mir selbst nicht eingestehen. Es erfüllte mich nicht hinreichend, in einer Firma zu arbeiten, wo ich acht Stunden täglich an meiner Maschine sitzend Hosen nähte. All das betrübte mich, ich sehnte mich erneut nach Höherem, wünschte mir eine besser bezahlte

Stelle, um mir und meiner Familie ein gehobenes Leben zu ermöglichen.

Mit meinem Mann lief alles wieder nach altem Muster ab. Nach Darkos Geburt schien es, dass wir als Eheleute unserer Pflicht schon zu Genüge getan hätten. Anfangs gingen wir unseren Ehepflichten noch sporadisch nach bis schließlich unsere Intimitäten vollkommen versiegten. Wir wurden vertraut wie Bruder und Schwester. Gelegentlich gab es von ihm ein flüchtiges Küsschen auf die Wange und das wa' s. Als ich einmal versuchte das Gespräch auf dieses Thema zu lenken und ihn fragte, warum dies so sei und was mit uns vor sich ginge, antwortete er, dass er dafür keine Lust mehr hätte und - Punktum. Vollkommen gleichgültig fügte er hinzu:

"Wenn du`s nötig hast, und wahrscheinlich ist das der Fall, da du noch jung und schön bist, such dir doch jemanden. Sollte ich dich jedoch jemals fragen, ob du einen Liebhaber hast, gebe das niemals zu, antworte einfach mit nein. Einzig wichtig ist, dass du stets zu mir und den Kindern nach Hause zurückkehrst.

Diese Worte, die Zarko ausgesprochen und die er später sogar in mehreren Anflügen und in verschiedenen Situationen wiederholt hatte, machten jedes auch noch so winzige Fünkchen Gefühl ihm gegenüber zunichte, gar das bisschen Respekt, dass ich ihm als Mann entgegenbrachte, gingen dabei gänzlich verloren.

Schon immer war ich mir dessen bewusst, dass ich keine besonders starken Gefühle ihm gegenüber hegte, doch ihn zumindest als Freund und Mann achtete. Mit diesen Worten zerstörte er auch dies. Er ekelte mich einfach nur noch an. Nie wollte mir in den Kopf gehen, was dies für ein Mann ist, der seiner Ehefrau ruhigen Gewissens erlaubt, sie gar zu überreden versucht, fremdzugehen, wie es ihr beliebt, unter der Bedingung, ihn und die Kinder nie zu verlassen.

Ich fühlte mich bodenlos erniedrigt, als Ehefrau, Mutter, Frau, Persönlichkeit, genauso würde sich auch jede andere Frau an meiner Stelle fühlen. Es war sonnenklar, dass ich ihm vollkommen gleichgültig bin, denn für ihn zählte nur, dass er gut versorgt war mit sauberer Wäsche und gerichtetem Essen, als auch für die Kinder eine Frau hatte, die sich um deren Erziehung kümmerte, und wer könnte das besser tun als ihre eigene Mutter.

Aus Trotz und verletzter Eitelkeit nahm ich mir vor, seinen Vorschlag bei erster sich bietender Gelegenheit auch in die Tat umzusetzen.

Ich geriet in eine kurze geheime Affäre, dann in die nächste, was mich weder stolz noch zufrieden machte. Nach diesen versteckten, heimlichen und auf die Schnelle gestohlenen Umarmungen, schämte ich mich meiner selbst und suchte Rechtfertigung darin zu finden, dass mich mein Ehemann dazu getrieben hatte. Ich versuchte mich damit herauszureden, dass eine junge Frau nicht jahrelang ohne Liebe leben könne. Es sei einfach gegen die Natur. Deswegen verabscheute und hasste ich mich, Zarko hingegen hasste ich noch mehr, weil er mich bewusst ins Verderben trieb!

Stets wiederholte er, dass ich für ihn die schönste und beste Frau wäre, er mich dennoch nie begehren noch lieben konnte, weshalb, wusste er selbst nicht. Nun, nach all den Jahren des Leidens, glaube ich, dass er mich doch auf seine eigentümliche, für Eheleute krankhafte und falsche Weise, geliebt hatte, nämlich, wie eine Schwester, ein Familienmitglied, aber sicherlich nicht wie eine Frau.

Unterdessen erfuhr ich ziemlich bald den Grund, weshalb er mir immer die kalte Schulter zeigte und begriff auch, warum er mich nicht mehr begehrte und von sich wegstieß. In seinem Leben gab es eine andere Frau, mit der er schon länger zusammen war. Diese Frau weckte nie mein Interesse, doch wie Menschen an sich nun mal sind, zeigten sie von Zeit zu Zeit das Bedürfnis, über sie zu lästern, aber ich wies jegliches Gerede über dieses Thema resolut ab. Nicht einmal als Zarko eine Krankheit mit nach Hause brachte, derenthalben wir alle daheim sehr litten, wollte ich über sie sprechen.

Meine einzige Sorge galt, solange er nicht genesen war, dass er uns damit ansteckte. Ich dankte Gott dafür, dass wir uns nicht mehr nahe standen und intim waren, weil ich mir wahrscheinlich auch diese Krankheit eingefangen hätte.

Ungeachtet dessen, dass alles gut ausgegangen ist, war dies für mich dennoch ein großer Schock. Im ersten Moment wollte ich ihn auf der Stelle verlassen und die Kinder mitnehmen, aber wohin. Ohne Geld wusste ich nicht, wie ich die Kinder durchbringen und ihre weitere Bildung finanzieren sollte.

Von meinen Eltern bekam ich keine Unterstützung.

"Deine Schuld! Wärest du eine gute Ehefrau gewesen, hättest du ihn nicht in die Arme einer anderen Frau getrieben!" - trafen mich die Worte meiner Mutter wie Salz auf eine offene Wunde.

Schon wieder war ich schuld! Wie lange sollte das so noch weitergehen, fragte ich mich. Für alle eigenen, aber auch fremden Fehler, die passierten, war ich immer die einzige Hauptschuldige, weshalb, blieb mir ein Rätsel! Mich quälte der Gedanke, auch wenn ich sünden- und fehlerlos wäre, ob ich in den Augen meiner Mutter gut genug sein könnte?!

Es war mir echt wichtig, dass sie wenigstens einmal zu mir halten, mich unterstützen und mich, so wie ich bin, lieben würde. Aber es bestand nicht die geringste Chance, dass meine Hoffnungen und Wünsche sich erfüllten, denn von meiner Mutter prasselten nur strenge Tadeltiraden auf mich ein:

"Er ist ein guter Mann. Du bist an allem schuld! Schweig` und erdulde!"

Doch weder wollte ich das, noch strebte ich es an. So konnte ich einfach nicht weiter! Ich wünschte mir etwas anderes. Mittlerweile hatte sich mein Mann auskuriert und wir lebten weiter wie bisher zusammen. Wir schliefen im selben Zimmer, an zwei Enden desselben Bettes, streng achtend, uns ja nicht zufällig zu berühren, wie zwei völlig Fremde. Tagsüber verflog die Zeit noch einigermaßen in Verpflichtungen, Hektik und pausenlosem Herumschwirren und man spürte unsere gewichtige beidseitige Abneigung nicht, doch wenn der Abend kam, wurde es unerträglich. Ein Gefühl von Angst und Unbehagen, mich ins Bett legen zu müssen mit einer Person, deren jede Faser mich anekelte und von sich stieß, trieb mich zur Weißglut. Manchmal, glücklicherweise sehr selten, kam es vor, dass mein Gatte sich meiner erinnerte wie auch seiner ehelichen Pflichten, mir somit zeigen wollte, ein Anrecht auf mich zu haben und gar den Sex mit mir *abarbeiten* und mich *nehmen* könnte, wann immer es ihm beliebte. Das war grausam, und ich fühlte mich erbärmlich.

Ich ließ es über mich ergehen, weil man mich so gelehrt hatte. Deshalb fühlte ich mich wie die wertloseste Frau unter Gottes Himmel. Ich wollte ihn nicht mehr sehen, wünschte so weit wie möglich von ihm fortzufliehen, aber wohin nur.

Niemandem von den Außenstehenden fiel etwas von unserem ausgerenkten Verhältnis auf, noch ließ sich davon etwas erahnen. Scheinbar hinterließen wir den Eindruck einer perfekten Familie, doch im Grunde war es das pure Gegenteil. Unter der polierten, dünnen Fassade, versteckte sich die ganze Fäulnis unseres gemeinsamen Lebens.

* * *

Indessen begann ich immer häufiger an meine Irena zu denken. Ich spürte, dass mich eine innere Macht trieb, wieder nach Deutschland zu gehen. Das zehnte Jahr seit ihrem Begräbnis neigte sich dem Ende zu und ich wusste, die Zeit nahte, in der man ihre Grabstelle umgraben würde, weil es in Deutschland so üblich ist. Ich musste dorthin reisen, um noch einmal ihr winziges Grab zu sehen und mich für alle Zeiten von ihr zu verabschieden.

Natürlich wollte Zarko nichts von dieser, wie nur er sagen konnte – *Dummheit* wissen.

"Weib, bist du noch bei Sinnen? Wie möchtest du nach Deutschland gehen, als ob es sich auf der anderen Straßenseite befände?!" - dröhnte er, dass es auch draußen hörbar war.

Doch er konnte mich von meiner Absicht nicht abbringen. Mein Verlangen und Bedürfnis waren so stark, dass ich sie nicht mehr unterdrücken konnte. Ich musste mich auf den Weg machen, mein Entschluss stand fest, komme was wolle.

Zu alledem, fühlte ich mich in den letzten Monaten auch noch unwohl. Anfangs schrieb ich das noch meiner schlechten

psychischen Verfassung und all dem, was sich in mir jahrelang angesammelt und niedergesetzt hatte, zu, aber als meine
körperlichen Beschwerden, begleitet von immer häufigeren
Schmerzen, von Tag zu Tag größer wurden, begriff ich, dass
ich krank war. Ich musste einen Arzt aufsuchen. Tagein tagaus verabreichte man mir irgendwelche Spritzen, die mir aber
nicht im Geringsten halfen. Meine heftigen Schmerzen ließen
nicht nach.

"Natalija, du bist schwanger!" - versuchte mich Zlajo, ein
Arbeitskollege, zu überzeugen. Immer häufiger wiederholte
er dies mit einem verschmitzten Lächeln.

"Ach, Zlajo, wie kommst du auf diese wahnwitzige Idee?" -
empörte ich mich.

"Du bist es, wahrhaftig! Siehe, wie rundlich du geworden
bist! Besser, du gehst zu einem anderen Arzt." - ließ er nicht
locker.

Letztendlich hörte ich auf ihn und ließ mich von einem
anderen Arzt untersuchen, der mir dieselbe Diagnose stellte,
nämlich *Entzündung der Eierstöcke*.

Ungeachtet meines Gesundheitszustandes ließ ich mich
von meinem Entschluss, nach Deutschland zu gehen, nicht
abbringen.

"Also, hast du dich entschlossen, um jeden Preis zu gehen
und basta! Kein Sinn, auf dich einzureden, du gibst nicht auf,
sogar wenn du krank bist" - kommentierte Zarko erneut meinen Entschluss. - "Bei wem kommst du nun unter, da mein
Bruder im Urlaub ist?»

Er schnitt das beiläufig an und wandte sich dem Schach-
spiel zu, ohne weiteres Interesse für unser Gespräch. "Ich gehe
zu Doco und Milka» - antwortete ich ihm genauso flüchtig.

Einige Tage später saß ich in einem Bus nach Bielefeld. Ich
war friedlich, denn mich ergriff ein Gefühl, auf dem Weg dorthin zu sein, wohin ich gehen sollte, und dass mich da jemand
und etwas erwarteten.

Während der Busfahrt wand ich mich vor unerträglichen
Bauchschmerzen.

*Mein Gott, es scheint tatsächlich etwas nicht in Ordnung zu
sein und ich begebe mich auf eine so weite Reise. Womöglich hatte Zarko Recht - quälten mich Gedanken, während ich zugleich*

Gott anflehte, so schnell wie möglich anzukommen. Die Reise zog sich in die Länge. Wir waren fast dreißig Stunden unterwegs, und mit jedem Kilometer fühlte ich mich immer elendiger.

Milka und Doco, die auf mich warteten, nahmen mich zu sich. Sie waren außer sich vor Glück, mich wieder zu sehen.

"Weißt du noch, wie lange wir uns nicht mehr gesehen haben!?! Wir freuen uns sehr, dass du gekommen bist!" - und sie umarmten und küssten mich beide.

Diesen Abend konnte ich es vor Schmerzen kaum aushalten. Ich wollte und, so sehr ich dazu auch nicht imstande war, musste zumindest ein paar Worte mit ihnen wechseln. Doch tags darauf, gleich nachdem sie zur Arbeit gegangen waren, konnte ich es nicht mehr ertragen. Ich machte mich allein auf den Weg ins Krankenhaus und schleppte mich, gequält von starken Schmerzen, die mir die Eingeweide zerrissen, nur mit Mühe dorthin.

Diese stechenden Schmerzen wühlten wieder meine Erinnerungen an die Niederkunft mit Irena auf, an meine Irena, die ich im selben Krankenhaus bekommen und verloren habe. Da habe ich sie das erste und letzte Mal gesehen, nur gesehen, aber nie umarmt, geschweige denn berührt. Ich konnte meine Tränen kaum zurückhalten. Ein Gefühl übermannte mich, dass die Vergangenheit mich eingeholt habe und sich alles bis ins kleinste Detail wiederholte.

Nach einer nur fünfminütigen Untersuchung stellten die deutschen Ärzte fest, dass ich eine Eileiterschwangerschaft hatte und mein Eierstock platzte, sollte ich mich nicht auf der Stelle operieren lassen. Maßlose Angst überkam mich.

In meinem Kopf schwirrten Gedanken: *Musste ich hierher kommen, damit der Kreis geschlossen werde? Sollte ich hierher kommen, um wie mein Kind zu sterben? Hat mich meine Irena herbeigerufen, um wie sie dahinzuscheiden. Sollte ich nie wieder Stefan und Darko zu Gesicht bekommen? Oh Herr, möge ich nur das hier überstehen, um meine Kinder wiederzusehen, so werde ich zur besten Gattin und Mutter, werde nie wieder über mein Leben klagen!*

"Sagen Sie uns bitte, wen wir informieren sollen. Geben Sie und die Telefonnummer eines Verwandten oder Bekannten" - riss mich die Stimme der Krankenschwester aus dem Wirrwarr meiner Gedanken heraus.

Vor Schreck habe ich alle Nummern vergessen. Mir waren alle entfallen und ich begann laut im Gedächtnis herumzuwühlen, doch mir fielen nur die Namen ein, jedoch keine Zahlen. Vollkommen verloren, reihte ich nur die Namen laut aneinander, aber - von den Zahlen immer noch keine Spur. Ich kam mir vor, wie ein Telefonbuch, mit Namen, aus dem jedoch alle Zahlen ausradiert waren. Die Ärzte konnten nicht mehr warten und kurz danach lag ich schon auf dem Operationstisch.

Ein grelles Licht, welches vor meinen Augen hin und her schwankte, weckte mich. Ich dachte, jemand versuchte mich mit einer Lampe herbeizurufen, weil ich nicht mehr wusste, wo ich war, noch was mit mir geschah. Doch, erst nachdem meine Sinne die Wirklichkeit wahrzunehmen begannen, begriff ich, dass es sich um leichte Ohrfeigen der Nonne handelte, die mich beim Namen rief:

"Natalija, wachen Sie auf! Alles ist gut gelaufen, nun sind Sie außer Gefahr!"

Die zersplitterten Scherben meines Bewusstseins begannen sich langsam zusammenzufügen und allmählich begriff ich, was um mich herum geschah: *Also haben sie mich vor dem Schlimmsten bewahrt! Gott sei gelobt! Ich werde meine Kinder wiedersehen!*

Mit viel Mühe öffnete ich meine Augen, sah mich im Zimmer um, immer noch unsicher, ob ich die Wirklichkeit wahrnahm oder doch nur träumte, nicht wissend ob ich noch am Leben war oder schon tot. Meine weit geöffneten Augen waren an das große Holzkreuz an der Wand und die Zimmernummer vier festgenagelt.

Als ich mich nochmals umsah, fiel mir auf dem Nachttischchen neben meinem Krankenbett eine Uhr auf, von der mir das Datum schrill in die Augen stach, das gleiche - der fünfte Juli, man schrieb jedoch das Jahr 1989. An eben diesem Tag, nur zehn Jahre zurückliegend, im selben Zimmer, habe ich zum ersten und zum letzten Mal meine Irena gesehen. Das konnte doch nicht wahr sein! Alles sah haargenau gleich aus. Was ging hier nur vor sich?

Bin ich nun zehn Jahre zurückversetzt worden oder befinde ich mich in der Gegenwart? Ist das schierer Zufall oder höhere Gewalt, die mich hierherführen musste, damit ich dem Schlimmsten entgehen konnte? Sicherlich hat mich Irena hierher geführt, nicht um zu sterben, sondern damit ich gerettet werde - Fragen über Fragen drangen auf mich ein, und auf keine hatte ich eine Antwort.

Als ich wieder vollends zu Bewusstsein kam, herrschte in mir nur eine tiefe Trauer, weil sich die bereits einmal erlebte Tragödie nochmals wiederholt hatte. Dieses Mal nur auf eine andere Art und Weise. Am gleichen Tag, jedoch zehn Jahre später, starb ein weiteres Baby von mir.

Als meine Kollegen, mit denen ich vor genauso vielen Jahren im selben Krankenhaus gearbeitet habe, hörten, ich wäre wieder da, kamen sie jeden Tag zu Besuch, um mich zu trösten und mir beizustehen. Leider konnten sie mir nicht helfen.

Dieser Schmerz war nur mein und ich konnte ihn mit niemandem teilen. Doch gleichzeitig empfand ich großes Glück und unermessliche Dankbarkeit gegenüber Ihm da Oben, der das Schlimmste verhindert und mir geholfen hatte, heil und wohlauf zu meinen Söhnen zurückzukehren.

Ich fand keine Antwort auf die vielen Fragen, die ich mir stellte: *Warum hatte jene höhere Macht bestimmt, dass sich alles erneut genau am gleichen Tag und selben Ort abspielte, nur zehn Jahre später und ob all dies nur ein Zufall oder pure Fügung gewesen ist, um meine Rettung herbeizuführen?*

Ich vermag es nicht zu sagen, dennoch scheint mir im Leben alles schon vorgepflastert zu sein, sogar was geschehen, wie und wann es sich zutragen wird. So fing ich an, den roten Faden zu verfolgen, um alle Ereignisse, die mir widerfuhren mit der Tatsache zusammenzuführen, dass mich eine sonderbare Intuition geradewegs zum Bestimmungsort geleitet hatte.

Natürlich besuchte ich nach meiner Genesung das Grab meiner Irena. Ich brachte ihr einen Haufen Süßigkeiten, Spielzeug und Blumen ans Grab und verabschiedete mich unter Tränen von meinem Mädchen, grenzenlos dankbar, dass sie mich für meine Söhne aufbewahrt hatte.

Wegen all der Vorkommnisse kehrte ich traurig nach Hause zurück, zugleich auch unendlich glücklich darüber, dass ich meine Kinder wieder in die Arme schließen konnte. Das Leben ging weiter und nahm wieder seinen gewohnten Lauf.

Stefan

Nach Abschluss der Grund- und Hauptschule hatte mein ältester Sohn als ausgezeichneter Schüler freie Auswahl bei seiner weiteren Schulbildung. Auf Vaters Suggestion hin, entschied er sich für das Militärgymnasium.

"Mein Sohnemann, das ist die beste Wahl, die du treffen konntest! Nichts geht über das Offiziersleben. Bei der Armee verdient man immer gut, und auch eine Wohnung wirst du in Kürze bekommen!" - drängelte Zarko weiter.

Natürlich vertraute Stefan den Worten seines Vaters. Er war jung und hatte keine Vorstellung davon, was es bedeutete, mit knapp fünfzehn von seinen Eltern getrennt zu leben. Nach Vaters hartnäckigen Überzeugungstiraden, dass dies die Schule mit der besten Perspektive sei, traf er die Entscheidung - einzig das Militärgymnasium und keine andere Schule sonst käme in Betracht.

Er bewarb sich und wurde als einer der besten Anwärter aufgenommen.

Wir haben ihn bis zur Schule nach Zagreb gebracht. Während der Fahrt konnte ich mich an ihm nicht satt genug sehen. Ein Gefühl übermannte mich, auch ihn, meinen Ältesten für immer zu verlieren, was ich nicht ertragen konnte. Er war noch so jung, zu jung, um von seinen Eltern und seinem Zuhause entrissen zu werden.

Meine Kehle war wie zugeschnürt. Vor Gram dachte ich meiner Sinne beraubt zu werden, musste mich jedoch wegen ihm beherrschen. Ich befürchtete, dass er mein Leid in den Augen ablesen könnte, denn mir war bewusst, wie empfindsam er ist und dass er alles bemerken würde. Sein Glück stand für mich im Vordergrund, und was mich betraf, würde ich mit meinen Gefühlen schon selbst zu Rande kommen. Wir ließen ihn dort mit an die hundert weiteren Schülern zurück.

"Liebe Eltern, wir danken Ihnen für ihre, und von nun an unsere Söhne, die künftigen Offiziere!" - brüllte einer der Offiziere.

Meine Seele jedoch drohte zu zerreißen. Ich verfiel in hysterisches Weinen und konnte mich einfach nicht beruhigen. Stefan sah mich mit einem Blick an, aus dem Trauer hervorbrach, die er zu unterdrücken versuchte, jedoch vor mir nicht verbergen konnte. Deswegen fühlte ich mich noch schlechter, bedrückter noch.

"Weine nicht, Mama, ich werde es hier schon gut haben" - und während er dies sprach, schaute er mich mit seinen wehmütigen Augen an.

Ich spürte, wie niedergeschlagen er war, wusste aber, dass er es nicht zeigen würde, denn ich konnte ihm ansehen, dass er seine Wahl schon bereute. Beim Abschied küsste und herzte ich ihn immerfort. Er drückte mich nur ganz fest an sich und riss sich abrupt von mir los, als fürchtete er, es nicht länger durchstehen zu können, und dass er mir seine wahren Gefühle offenbaren würde.

"Geh, Mama! Geh jetzt!" - rief er mir zu, machte kehrtwend und rannte zu den übrigen Kadetten.

Man merkte, wie hart es für ihn war, aber auch, dass er dagegen ankämpfte. Nach Irenas Tod war dies der schlimmste Tag meines Lebens, ein Gefühl als hätte jemand mir das Herz herausgerissen. An Zarko konnte man nichts erkennen und mich nervte, dass er sich verhielt als sei er nicht im Geringsten bedrückt.

"Was flennst du da herum? Hier ist er schon am rechten Platz, was du jedoch noch nicht begreifen kannst!" - sprach er seelenruhig als handelte es sich um ein fremdes Kind, und nicht um unser eigen Fleisch und Blut. Sogar jene Spuren von Gefühlen, die ich ihm gegenüber noch empfand, wurden damals durch sein Benehmen ausgelöscht. Ich stellte mir die Frage, ob er, mein Gatte, wenn er schon kein Bedürfnis hatte, mir in so schweren Augenblicken beizustehen, zumindest sich dazu verpflichtet fühlte, mich in seine Arme zu nehmen und mir Trost zu spenden, wenn schon nicht mit Herz und Seele, dann doch mit natürlichem Menschenverstand. Vielleicht hätte dann so auch unser gemeinsames Leben einen anderen, besseren Weg eingeschlagen. Der Fortgang unseres Sohnes hätte uns näherbringen, anstatt uns voneinander noch mehr entfremden sollen. So empfand ich ihm gegenüber nur tiefe Verachtung und Abneigung, was man sogar in der uns umgebenden Luft spüren konnte.

Mein Mann bemerkte von alledem natürlich nichts. Auf der Rückfahrt legte er mit seiner Prahlerei los von seinen burschikosen, vielleicht sogar erfundenen und eingebildeten Sexabenteuern vor wer weiß wie vielen Jahren mit zwei Schwestern gleichzeitig, was sich angeblich in dem Dorf, das wir gerade passierten, ereignet hatte. Ich konnte meinen Ohren nicht trauen! In einem für mich so schweren Augenblick, redete er von solchen Widerlichkeiten.

Beim Betreten des Hauses spürte ich, wie mich eine gewaltige Leere übermannte und sich maßlose Wut in mir ausbreitete. Mein Zuhause kam mir vor wie ein riesengroßer, leerer und sinnloser Raum. Ich trat in Stefans verlassenes Zimmer und weinte darin unbeherrscht, zusammen mit Darko, der ebenso um seinen Bruder, der fortgegangen war, trauerte. Unberührt von solchen Problemen blieb einzig sein Vater, der im Wohnzimmersessel mit auf den Tisch gestreckten Beinen lag und schnarchte. Für ihn war alles in bester Ordnung, denn ihm fehlte es an nichts.

Und dann klingelte das Telefon. Ich meldete mich und verstummte. "Mama, ich bin`s! Ich möchte nach Hause! Bringt mich weg von hier! Wenn du nicht kommst, haue ich ab!"– erschallte Stefans Stimme aus dem Hörer. Es fehlte nicht viel und ich wäre in Ohnmacht gefallen, als ich ihn am Telefon hörte, vollkommen aufgelöst, kaum eine Stunde, nachdem wir daheim angelangt waren. Panik stieg in mir auf - Lieber Gott, wir haben ihn doch gerade eben dort zurückgelassen! Was konnte ihm zugestoßen sein?

Zarko, der aufgewacht ist, schnappte schlaftrunken das Telefon und begann zu brüllen:

"Wie nach Hause? Was faselst du denn da? Du rührst dich nicht von der Stelle, du hirnverbrannter Trottel!" - und knallte den Hörer auf die Gabel. Er wandte sich zu mir und setzte in gleicher Tonlage fort:

„Und du, hör auf mit deinem Geflenne! Und dass du dich ja nicht mehr meldest, wenn er anruft! Er muss sich eingewöhnen!"

Dann ging er weiter zur Couch, streckte sich darauf aus, legte erneut seine Füße auf den Tisch und schnarchte abermals. Nie zuvor habe ich jemanden so gehasst, wie in diesem Augenblick ihn - den Vater meiner Kinder. Es war unfassbar, dass ich ein dermaßen gefühlloses Wesen zum Gatten hatte. Wenn ihn schon mein Schmerz nicht rührte, wie konnte ihn nur Stefans Hilferuf, nach Hause zu kommen, so kalt lassen? Er ist doch auch sein Sohn! Wie schon so oft, fragte ich mich, ob es denn möglich sei, niemals jemanden in der Familie gehabt zu haben, der in harten Zeiten zu mir stünde?!

In meiner Jugend fehlte mir Vaters Beistand. Meistens fühlte ich mich als wäre ich vaterlos. Jetzt hatte ich einen Ehemann, dem es gleichgültig war, was in unser aller Leben vor sich ging. Alle Ereignisse gingen an ihm vorüber, und er lebte mit uns so vor sich hin ohne jegliches Interesse für mich und die Kinder. Dass er das Interesse an mir verloren hatte, konnte ich ja verstehen. Aber an Stefan!?! - *seinem Sohn, seinem Spross, seinem Fleisch und Blut, ebenso wie meinem! Hat es ihn nicht aufgeschreckt, was sein Sohn dort durchlebte? Hat er sich keine Gedanken über mögliche Folgen gemacht, wenn wir ihn nicht abholten? Ist es denn möglich, dass er sich nicht die geringsten Sorgen machte, und nach alledem so kaltblütig weiterschnarchen konnte - brodelte es in mir.*

Ich verabscheute ihn abgrundtief. Eine ganze Woche verstrich, eine Woche wie in der Hölle für mich. Und dann bekamen wir einen Anruf vom Hauptmann der Militärschule. Er wollte mit Stefans Mutter reden. Aus Angst, etwas Schlimmes wäre passiert, habe ich den Anfang seiner Geschichte nicht vernommen, mir jedoch gut gemerkt, dass er gesagt hatte:

"In zwei Tagen hat Stefan Geburtstag. Sehen Sie zu, dass Sie unbedingt kommen, denn er vermisst Sie sehr. Er ist wahrlich ein guter und intelligenter Junge, aber ich glaube, dass diese Schule keine richtige Wahl für ihn ist. Darüber sollten wir uns unterhalten."

"Natürlich, ich komme sofort!" - versprach ich ihm völlig aufgelöst. Keine Macht der Welt hätte mich davon abhalten können, hinzugehen. Es war Sonntag, schon morgen war sein Geburtstag, also musste ich mich unverzüglich auf den Weg machen! Aber wie? Auf Zarkos Unterstützung konnte ich nicht rechnen, war zumindest klar. Was sollte ich nur tun? Dennoch war ich darauf angewiesen, ihn zu fragen, ob er mich hinfahren wollte. Ich hoffte, dass er es sich mittlerweile überlegt haben könnte und sich womöglich anders entscheidet; so fragte ich ihn, obwohl ich seine Antwort schon ahnte:

"Ich werde dich sicherlich nirgendwohin fahren! Auch du gehst nirgendwohin!" "Ich werde beileibe gehen, wenn auch gar zu Fuß!" - erwiderte ich trotzig.

Hätte er versucht, mich daran zu hindern, wäre ich im Stande gewesen, ihn zu töten. Er begriff, wie ernst es mir damit war und versuchte nicht, mich aufzuhalten. Schließlich brachte er mich in die nächstgelegene Stadt zum Zug und ließ mich um halb zwei Uhr nachts mutterseelenallein am Bahnhof zurück. Kein Mensch weit und breit auf den Bahnsteigen zu sehen. Er hingegen kehrte in sein warmes Bett zurück und legte sich zum Schlafen nieder.

Solch ein unmenschliches Benehmen hinterlässt tiefe Wunden in der Seele, die niemals und durch nichts ausradiert werden können. Für alle Zeiten tief eingeritzt blieb dieses Gefühl von Zorn, Verzweiflung, Hilflosigkeit, Widerwillen, aber auch meiner Entschlossenheit und Entschiedenheit in mir zurück. Nicht einmal ansatzweise plagten ihn Gewissensbisse, dass seine Frau nachts alleine mit dem Zug unterwegs sein würde, und in stockdunkler Nacht verlassen am Bahnhofssteig in einer fremden, unbekannten Stadt stünde. In mir brach alles zusammen...

Mein Kummer um Stefan mischte sich mit einem steigenden Gefühl der Einsamkeit. Ich hatte keinen Mann, an den ich mich in meinen schwersten Stunden anlehnen und mit dem ich meine Trauer teilen konnte. Es reichte mir nicht einmal mehr, die Erlaubnis von meiner Firma einzuholen, der Arbeit fernzubleiben. Mir war bewusst, dass ich deswegen sogar meinen Arbeitsplatz verlieren könnte, da der Direktor ein übler Zeitgenosse war. Wenn mir gekündigt werden sollte, wüsste ich nicht weiter, denn schon diese Arbeit habe ich mit Ach und Krach gefunden. Aus jedem meinen Gedanken schwärmten neue Probleme und allerlei Fragen hervor, auf die ich keine Antworten wusste. Aber die Sehnsucht nach meinem Sohn und die Gewissheit, dass er mich brauchte, waren stärker und zählten mehr als alles andere. Mein Entschluss stand fest – ich gehe, komme was wolle! Er war mir wichtiger als alles andere!

Damals schwor ich mir – den seelen- und lieblosen Mann, mit dem ich verheiratet war, würde ich irgendwann einmal verlassen. Wie sollte ich mein ganzes Leben mit ihm verbringen, wo ich doch schon allzu lange neben ihm her gelebt habe als sei er gar nicht da.

Als ich schlussendlich in den Zug eingestiegen war, konnte ich keinen freien Sitzplatz finden, da dieser proppenvoll war. Alle Plätze hatten schon Kosovoalbaner besetzt, die als Gastarbeiter in Slowenien beschäftigt waren. Zu dem Zeitpunkt kam es einer Arbeit in Deutschland gleich, deshalb wollten alle nach Slowenien, insbesondere die Albaner.

Im Zug schien ich die einzige Frau zu sein, nur ich und die Albaner. Sie musterten mich als hätten sie noch nie ein weibliches Wesen gesehen. Ich sah mich schon zerrupft und geviertelt. Seit Kindestagen an hörte ich Geschichten, in denen Albaner überwiegend in schlechtem Licht dargestellt worden waren. Es ging die Mär umher, dass Frauen, die sich alleine nach Kosovo auf den Weg machten, nie wieder von dort zurückgekehrt seien. Ob dem genauso war, wusste ich nicht, aber Angst hatte ich dennoch reichlich. Etliche Jahre später, lernte ich einige dieser Menschen kennen, die redlich waren und sich mir gegenüber vollkommen korrekt verhalten haben und sie waren sicherlich nicht von jenem Schlag, vor dem man sich fürchten sollte.

Menschen sind häufig geneigt, bereits im Vorfeld und aus Mangel an Wissen, vorschnelle und meistens fehlerhafte Entscheidungen über andere zu treffen. Auch ich habe lange auf eben solche Weise gedacht, doch mit der Zeit konnte ich mich wandeln.

Verängstigt ging ich von Waggon zu Waggon, in der Hoffnung doch noch einen freien Platz zu ergattern oder einen Bekannten zu treffen, um zumindest meine Angst loszuwerden. Die Waggons klimperten, wackelten, und ich hatte beim Übergang von einem in den anderen das Gefühl, zwischen diese zu stürzen und von den Rädern zermalmt zu werden. Dieses Gefühl werde ich mein Lebtag lang nicht vergessen. Gab es jemanden, der erbärmlicher, einsamer und verlassener war als ich?

Mit meiner Angst beschäftigt, hörte ich plötzlich beim Übergang von einem Abteil ins nächste, eine Männerstimme und konnte meinen Ohren nicht trauen - sie rief mir zu:

"Langsam, Natalija, was rennst du so? Bleib stehen!"

Ach du meine Güte, wer könnte das denn nun sein?! – fuhr mir augenblicklich durch den Kopf und ich eilte noch schneller zum nächsten Waggon, nur um so weit wie möglich fortzukommen. Der Mann, der mir zurief, rannte hinter mir her.

Während ich an den Zugfenstern vorbeistrich, in denen sich die Konturen der Reisenden, die darin saßen, widerspiegelten, erblickte ich, nachdem ich mich kurz umgeschaut hatte, einen bärtigen Mann niederen Wuchses, der sich bemühte mich einzuholen. Krampfhaft jagte ich mit großen Schritten vorwärts, aber der Mann kam immer näher, wie in einem Horrorfilm. Ich floh, und er versuchte mich zu fassen. Mein Gehirn arbeitete fieberhaft, dennoch fiel mir nicht ein, an wen ich mich um Hilfe wenden konnte. Ich wagte niemanden anzublicken. Ganz allein in dem alten klapprigen Waggon, der quietschte und ratterte, mitten in der Nacht, wusste ich nicht, wohin des Weges noch was ich tun sollte.

"Natalija, halt doch mal an, was ist los mit dir? Warum rennst du weg? Ich bin`s, Luka, dein Schulfreund? Erkennst du mich denn nicht mehr?" - hörte ich ihn zurufen.

Ich blieb wie angewurzelt stehen, wandte mich meinem Verfolger zu und brachte mühsam hervor:

"Luka! Welcher Luka?"

"Derjenige, mit dem du Kanonen aus Lehm gebaut hast" - lachte er.

Ich schaute ihn mir etwas genauer an und erkannte ihn schließlich. Er hatte sich sehr verändert. Die Jahre hatten an ihm Spuren hinterlassen, hinzu kam noch ein üppiger Bart.

"Oh mein Gott, ich danke dir!" – atmete ich auf.

In ihm sah ich meine Rettung, denn in diesem Augenblick war er – sowohl mein Schulfreund, mein Vater als auch mein Mann. Er konnte nicht fassen, warum ich mich alleine nach Zagreb begeben habe, mit all den Albanern im Zug.

Als ich ihm erzählte, wie mein Mann mich zum Bahnhof gebracht und dort allein zurückgelassen hatte, war ihm alles klar.

"Auch ich hatte genauso wenig Glück im Leben, bin geschieden und gar kinderlos. Du zumindest hast Kinder, den rechten Mann kannst du jederzeit finden, du musst es nur wollen und beharrlich suchen."

Seine Worte waren genau das, was ich hören wollte und was ich nötig hatte. Ich war nicht mehr allein in dem Zug voller Menschen, die mir Angst einflößten. Mit mir war Luka, mein Kindheitsfreund, den ich zwanzig Jahre lang nicht gesehen habe.

Er gab mir Halt und Sicherheit, die mir in dieser Situation mein Mann Zarko hätte bieten sollen. Ich dankte dem Allmächtigen, der ihn genau in diesem Augenblick zu mir gesandt hatte.

Nicht mehr allein und verängstigt, als ich der Hilfe am nötigsten bedurfte, erschien er als mein nächtlicher Schutzengel. Ich dankte dem Herrn, dem Erzengel und dem Leibhaftigen zugleich. Dankbar war ich ihm allein dafür schon, dass er mir geholfen hatte, einerlei wer er gewesen sein möge. Weil alle Sitzplätze im Zug weiterhin besetzt waren, mussten wir bis Zagreb stehen, wobei ich zeitweise sogar in aufrechter Haltung einnickte. Zur Kaserne fuhr ich mit dem Taxi.

Stefan erwartete mich schon an der Pforte. Das erste, was mir auffiel, waren seine dunklen Augenringe und sein länglicher Hals, wie auch, dass er hager und elendig wirkte. Mir schnürte sich der Hals zu und ich konnte keinen Laut von mir geben während ich ihn verzweifelt an mich drückte.

"Mein Junge, was ist aus dir geworden?" - stieß ich mit allerletzter Kraft aus. "Mama, erledige die nötigen Formalitäten und lass uns schnellstens nach Hause gehen! Hier bleibe ich keine Minute länger.

An diesem Ort sind die Menschen so gefühllos als wäre ich im Gefängnis! Keine Freude, kein Lachen, hier gibt's nichts, nur Befehle, Befehle, Befehle und Gehorsam! Das ist kein Leben für mich!" - sagte er verzweifelt.

"Natürlich, mein Sohn! Komm, wir gehen nach Hause, und später sehen wir, wie's weitergeht..." – gab ich entschlossen von mir.

Da ergriff mich Angst davor, wie Zarko reagieren würde - denn er wusste ja nicht, dass Stefan die Absicht hatte, heimzukehren! Er dachte, ich ginge wegen seinem Geburtstag nach Zagreb, wogegen er sich schon empört hatte. Nicht einmal in seinem schlimmsten Alptraum hätte er es sich vorstellen können, unser Sohn würde nach Hause kommen. Diese Möglichkeit kam für ihn gar nicht in Betracht.

Deshalb versuchte ich zumindest ein bisschen, Stefan in seiner Entscheidung ins Wanken zu bringen:

"Stefan, mein Junge, Papa wird sicherlich nicht zulassen, dass du jetzt das Militärgymnasium verlässt. Außerdem befürchte ich, dass du für andere Schulen die Frist längst versäumt hast. Zwei Wochen dieses Schulhalbjahres sind vorüber. Was, wenn keine dich mehr aufnimmt?"

Zugegebenermaßen hatte ich in der Tat Angst, da ich nicht sicher war, was ich von alledem halten sollte.

"Mama, darüber kann ich mir jetzt keine Gedanken machen, weil mir das überhaupt nicht wichtig ist. Mutti, es wird sich schon irgendwie von selbst richten, nur bitte, lass mich hier nicht zurück. Das steh ich nicht durch! - winselte mein Sohn.

Mein armes Kind. Ich konnte es nicht glauben. Er ist niemals ein Schwächling gewesen, deshalb konnte ich erahnen, wie schwer es ihm fiel, mir das zu sagen. Mein Herz krampfte sich zusammen, während ich ihn umklammerte. Meine Seele quoll über und auf einmal war es klar, dass ich ihn mitnehmen musste. Gewiss werde ich es ihm ermöglichen, glücklich zu sein. Alles wird gut werden, so muss es einfach sein!

Irgendwie schaffen wir es! Nur, dass er mit mir nach Hause kommt - dachte ich und richtete mich hoch erhobenen Hauptes auf. Das gab mir immer Kraft - Kopf hoch und - alles wird besser!

Der Hauptmann war ein gutherziger Mensch. Er füllte die Formulare aus, in denen stand, dass Stefan die Schule freiwillig verlassen habe, wünschte uns eine gute Fahrt und entschwand. Wir setzten uns in den Zug und fuhren nach Hause, wo auf uns die Hölle wartete. Zarko tobte und schimpfte lautstark:

"Bei allen guten Geistern! Ihr seid doch nicht normal! Beide zusammen! Du bist eine vollkommen verrückte Frau! Nun mach mit ihm, was du willst! Jetzt kann er daheim hocken, wie eine alte Vettel! Dabei hätte er von der Armee auch eine Wohnung kriegen, ein gutes Soll haben und wie die Made im Speck leben können!" - sagte er, aufgeplustert vom Gebrülle.

Ich schwieg, sah ihn nur voller Verachtung an und mein Hass ihm gegenüber wuchs ins Grenzenlose.

"Aber Papa, schau doch mal, wie groß unser Haus ist! Wozu brauche ich da noch eine Wohnung?" - versuchte Stefan ihn auf naive Art zu beruhigen.

"Halt die Schnauze! Sonst zieh ich dir eins über die Ohren, du Einfaltspinsel, du!" - holte Zarko mit einer Hand aus.

Stefan verstummte augenblicklich und ich sah ihn mit großen Augen vollkommen aufgewühlt und entsetzt an. Wenn Blicke töten könnten, wäre Zarko sicherlich in diesem Moment tot umgefallen, was ihm nicht entgangen ist, und er wandte sich nur um und ging von dannen.

Tags darauf machte ich mich auf die Suche nach einem freien Platz in irgendeiner Schule. Ich klapperte Tür um Tür ab, ging von einem Direktor zum nächsten - niemand wollte ihn aufnehmen. Nicht nur, dass es zu spät war für Einschreibungen, sondern alle Plätze waren schon belegt.

Und nachdem ich schon alle Schulen aufgesucht hatte, begab ich mich zu jener, von der ich gewiss war, dass er da keine

Chance haben würde, da es dort keine freien Plätze mehr gab.

"Gnädige Frau, weinen Sie nicht mehr. Wir werden ihren Sohn über die geplante Zahl hinaus aufnehmen, obwohl er reichlich spät dran ist, denn wie sollten wir einen derart klugen Schüler mit solch guten Noten nicht aufnehmen wollen?" – sagte mir der Gymnasialdirektor.

Kaum zu glauben. Mir war danach, ihn vor lauter Freude und Dankbarkeit abzuküssen. Mein Sohn wurde mit Verspätung von einigen Wochen, außerhalb aller Fristen, aufs Gymnasium aufgenommen. Ich hatte ihm diesen Platz gefunden. Sein Vater hingegen hatte keinen Finger gerührt.

"Das ist deine Angelegenheit" - sagte er. "Du hast ihn nach Hause gebracht - und nun ist es deine Pflicht, dich ums Weitere zu kümmern!"

Dass ich es geschafft hatte, erfüllte mich mit Stolz, was zugleich aber auch ein Grund mehr war, ihn als einen schlechten Menschen, Ehemann und Vater zu sehen. Die Kluft zwischen uns hatte sich nur noch weiter vertieft.

Serbien in den Neunzigern

Das Verhältnis zwischen Zarko und mir wurde nach allem, wenn überhaupt noch steigerungsfähig, schlechter. Wir lagen uns unentwegt in den Haaren, jeder Kleinigkeit wegen. Das Problem bestand nicht darin, dass wir kein Geld hatten und ein kärgliches Leben führten, sondern die größte Schwierigkeit bereitete uns, dass nicht einmal ein Fünkchen Liebe zwischen uns übriggeblieben war.

Wir waren nicht einmal mehr wie verzankte Geschwister, denn diese können sich auch nach einem Streit nicht hassen. Wir waren wie zwei Schwägerinnen auf Kriegsfuß, wie Nachbarn, die sich bis aufs Blut bekriegten wegen einer Grundstücksgrenze. Am schlimmsten war, dass wir der Kinder wegen immer noch im selben Bett schliefen, was wir durch eine Art stillschweigende, nie ausgesprochene Vereinbarung lösten.

Er drehte sich im Bett zugleich zur Seite und schlief ein, oder tat zumindest so, und ich kehrte zu meiner alten, ersten, nie vergessenen Leidenschaft zurück, nämlich dem Lesen von Liebesromanen und träumte dabei von wahrer Liebe.

Ich wünsche ihn mir fort, dass er mich verließe, verschwände, stürbe, damit ich jemanden finden könnte, um mit ihm ein normales Leben zu führen.

Zarko arbeitete als Getränkefahrer für eine Firma und kam spätabends heim, meistens angetrunken. Ihn interessierte es nicht, ob die Kinder und ich was bräuchten. Den Lohn überließ er zwar immer uns, kümmerte sich aber niemals darum, ob dies ausreichte, um über die Runden zu kommen. Wenn die Jungs etwas von ihm wollten, bekamen sie immer dieselbe Antwort:

"Geht doch zur Mutter! Lasst mich in Ruhe!" Mit der Zeit gewöhnten sie sich auch daran und wandten sich wegen jeder Kleinigkeit an mich. Sie unterhielten sich mit mir darüber, was sie kaufen könnten, über ihre Schulnoten, die Entschuldigungen, wenn sie mal dem Unterricht fernblieben, über ihre ersten Liebeleien. Es waren gute Kinder. Wenn sie etwas benötigten, es jedoch an Geld mangelte, beharrten sie nicht darauf. Sie zeigten stets Verständnis, und an Geld fehlte es immer. Es belastete mich, wenn ich zu hören bekam: "Mama, wenn genug Geld da ist, dann kaufe mir bitte..." Das vergesse ich nie. Auch heute noch schmerzt mich die Erinnerung an eine Begebenheit als Darko keine Turnschuhe mehr hatte. Seine waren schon zerfetzt, für neue fehlte das Geld. Ich konnte nicht mehr mitansehen, wie er mit Turnschuhen herumlief, aus denen die Zehenspitzen hervorblitzten und sagte ihm, dass ich einen Teil meines Schmuckes veräußern würde, damit er sich davon neue kaufte. Er sträubte sich vehement dagegen, ärgerte sich und gab mir anheim, diesen Schmuck zu behalten. Trost sprach er mir zu, indem er sagte, dass er noch etwas warten könne, es ihm nichts ausmache, seine zerrissenen Turnschuhe "total in" wären und man das nun so "träge".

Dennoch tat ich es, gab ihm das Geld und zwang ihn geradezu, sich auf den Weg zu machen und diese Sneakers zu kaufen. Schweren Herzens, aber mit Geld in der Tasche, stieg er in den Bus. Doch dann im Busgedränge klaute ihm jemand alles.

Als er daheim ankam, sowohl ohne Geld als auch Turnschuhe, zitterte er so heftig vor lauter Hilflosigkeit, Pein und Zorn, so dass ich ihn stundenlang trösten und beruhigen musste. Ich versuchte, ihm zu erklären, dass solche Dinge im Leben passierten, dass es vielleicht so kommen musste. Ihm sprach ich Mut zu, war selbst jedoch verzweifelt, nicht des Geldes oder des materiellen Verlustes wegen, sondern wegen der Ungerechtigkeit, gegen die ich nichts machen konnte.

Doch im darauffolgenden Monat gelang es mir irgendwie, diese Turnschuhe für ihn zu erstehen. Wahrscheinlich hatte mir dies mehr Freude bereitet als ihm selbst, da er noch immer eine Wut sich gegenüber des geklauten Geldes wegen hegte.

Mich plagte, dass ich meinen Kindern keine behagliche und sorgenfreie Kindheit bieten konnte. Sie hatten zwar mehr als ich in ihrem Alter, doch könnte man dies als tröstend bezeichnen? Zum tausendsten Mal erwünschte ich uns allen ein besseres Leben und hoffte, dass auch dieser Tag einmal käme.

Ich suchte nach einem Ausweg, um irgendwie aus der Dürftigkeit zu entrinnen und dachte dabei an eine andere Arbeit. Mir ging durch den Kopf, wieder nach Deutschland zu gehen oder in irgendein anderes Land, nur um nicht mehr am hiesigen Ort zu sein, denn ich konnte dieses erbärmliche Leben, das ich führte, nicht mehr ertragen. Nun wurde mir bewusst, welch großen Fehler ich begangen hatte und bereute es heftig, warum ich damals nach Serbien zurückgekehrt bin.

Erneut kam dieses Gefühl, was schon immer in mir steckte, hoch, dass ich irgendwie nicht hierher gehörte. Es ging mir nicht gut und meine Intuition sagte mir, dass *irgendwo da draußen* mein Glück auf mich wartete.

Mit aller Macht wollte ich für meine Familie ein besseres Leben erkämpfen. Ich nahm das Risiko auf mich und trieb Zarko dazu an, unseren eigenen Gewerbebetrieb, samt einem Gemischtwarenladen, zu eröffnen.

Zu jenen Zeiten sprossen derlei kleine Geschäfte und Firmen wie Pilze aus der Erde, denn ein jeder wollte etwas verkaufen. Anfangs unterstützte der Staat durch Vergünstigungen die Gründungen dieser Kleinunternehmen, doch nach geraumer Zeit trieb er sie alle in den Bankrott.

Der Start klappte wunderbar und anfangs lief es wie geschmiert und wir führten plötzlich ein viel besseres Leben. Ergriffen vom Geschäftserfolg, vergaßen sogar Zarko und ich unsere gegenseitige Abneigung und führten erneut eine Art Bruder-Schwester-Beziehung, die ohne größere Streitigkeiten eine Kommunikation unter uns zuließ. Mit dem Geld kehrte auch wieder Frieden in unser Heim ein.

Stefan hatte sich an der Universität in Novi Sad immatrikuliert. Wir schickten ihm regelmäßig Geld. Er erwies sich als fleißiger Student der Fakultät für Maschinenbau, der all seine Prüfungen fristgerecht ablegte. Darko lebte mit uns, besuchte die Schule, ihn interessierte jedoch alles andere mehr als das Lernen, was er überhaupt nicht mochte. Er scheute sich nicht davor, bei allen Arbeiten im Geschäft und rund ums Haus behilflich zu sein, und ich konnte ihn verstehen. Lernen war nun mal nicht sein Ding, aber wofür er Interesse zeigte, erledigte er fleißig und pflichtbewusst. Ich war zufrieden, dass meine Söhne zu integren Leuten herangewachsen waren, die in der Lage sein werden, sich eines Tages ihre eigene Existenz aufzubauen, was mich mit Stolz und Wonne erfüllte.

Zarko arbeitete weiterhin als LKW-Fahrer, kam jedoch immer öfters betrunken nach Hause. Ich war pausenlos am Arbeiten. Wenn ich nach Hause kam, musste ich kochen, waschen, putzen. Um ein Uhr nachts legte ich mich schlafen und stand um fünf Uhr in der Früh wie gerädert auf. Meine Kräfte neigten sich langsam dem Ende zu.

Schon wieder kam die wohlbekannte alte Leere zum Vorschein und dieselbe Unzufriedenheit nistete sich erneut ein. Ich dachte, dass, wenn ich ständig einer Beschäftigung nachginge, keine Zeit für solche Empfindungen übrigbliebe, ich sie unterdrücken, auslöschen und vergessen würde, doch dem war nicht so.

In unserer Firma hatte ich ständig Kontakt zu Kollegen und anderen Männern, die mir den Hof machten. Ich galt als attraktive, gutherzige und tüchtige Frau. Mich bedrückte, dass alle außer meinem Mann etwas mehr von mir wollten. Obwohl ich ihn nicht liebte, keimte noch heimlich der Wunsch in mir, unsere Beziehung könnte sich ändern, gar besser werden, damit aus uns ein normales Ehepaar würde, welches sich zumindest erneut ein wenig ineinander verlieben könnte und daraus eines Tages womöglich richtige Liebe erwüchse. Aber schon viel zu lange geschah nichts dergleichen. Offensichtlich habe ich es irgendwo vermasselt, mich quälte dabei der Gedanke - wo? Vielleicht stieß ihn meine Begierde und Ambition, vom Leben immer nur das Beste einzufordern, ab, wie auch mein Verlangen nach Glück und einem erfüllten Dasein oder flößte ihm genau das Angst ein und entfernte ihn von mir.

Männer nehmen in Beziehungen gerne die Rolle des Beschützers vom schwächeren Geschlecht ein. Ich gehörte nicht zu diesem Schlag. Womöglich war ich viel zu stark für eine Frau?!? Ich konnte nie genug kriegen vom Leben, und ersehnte mir ein harmonisches Miteinander, in dem es meinen Kindern an nichts mangelte.

Ebenso lechzte ich nach schönen Dingen, Worten, wie auch nach Aufmerksamkeit, die Zarko mir nicht geben konnte, da er nicht einmal wusste, dass es so etwas überhaupt gab. Ich dagegen verzehrte mich nach Liebe, sie war mir einfach ein Bedürfnis!

Hatte ich denn etwa kein Anrecht darauf, vom Leben nur das Allerbeste für mich einzufordern? Es machte mich verrückt, einen Gatten zu haben, der außer Zigaretten, Schnaps und einem vollen Bauch nichts benötigte. Oft fragte ich mich, was für ein Mensch ich sei, wenn ich nie mit dem Erreichten zufrieden bin. Ich warf mir vor, in der Tat, wie Zarko zu sagen pflegte, ewig unzufrieden zu sein und nie genug zu haben, als ob auf mir ein Fluch läge! Vielleicht war er sogar im Recht, dachte ich.

Erneut keimte in mir dieses alte Schuldgefühl auf, welches ich seit Kindestagen mit mir herumschleppte.

"Du bist an allem selbst schuld!" - hallten in meinen Erinnerungen wie ein Echo, die längst ausgesprochenen Worte meiner Mutter nach.

Bin ich schon von Geburt an böse und schlecht, und hat er deshalb kein Verlangen mehr nach mir? Verhält er sich deswegen mir gegenüber abweisend als wäre ich für ihn unsichtbar - wurde ich von meinem Gewissen geplagt.

* * * * *

Um diesen Gedanken zu entfliehen, stürzte ich mich in die Arbeit und erfand unaufhörlich neue Verpflichtungen. Damit wollte ich meinen Körper vollkommen auszehren, meine Gedanken auslöschen. Ich eröffnete einen weiteren Laden, dann noch einen - und hatte nun reichlich mehr zu tun, dennoch flammten die Streitereien zwischen Zarko und mir erneut auf. Arbeit war mein Lebenselixier, und davon möglichst viel, um immer erfolgreicher zu werden, damit ich mir und den anderen beweisen konnte, zumindest auf diesem Feld, etwas erreicht zu haben. Wenn ich schon als Frau versagt habe, wollte ich zumindest darin Erfolg vorweisen. Mit aller Macht wollte ich zeigen, dass auch ich zu etwas taugte.

Darko wohnte unseren alltäglichen Zankereien bei, er war bereits daran gewohnt. Stefan besuchte uns an den Wochenenden, brachte seine schmutzige Wäsche, die er sauber und gebügelt wieder mitbekam, und nahm außerdem immer etwas Gekochtes mit nach Novi Sad, um auch unter der Woche etwas *Anständiges* essen zu können. Was unser Familienleben betraf, nahm alles seinen gewohnten Gang, da es wahrhaftig niemandem an etwas fehlte. Jeder bekam seine Sachen gewaschen und gebügelt vorgelegt und obendrein eine warme Mahlzeit, nur meine Kräfte schwanden langsam. Ich erledigte alles, schaffte alles rechtzeitig, fühlte mich dabei immer ausgelaugter von den zahlreichen Verpflichtungen, wie auch des Lebens überdrüssig. "Weshalb zankt ihr beiden andauernd? Das ist doch nicht nor-mal! Lasst euch doch scheiden und lebt wie vernünftige Menschen!" - empörte sich Stefan, wann immer er nach Hause kam.

Ich hatte den Eindruck, in eine Sackgasse geraten zu sein, aus der es keinen Ausweg mehr gab. In der Zwischenzeit setzten wieder meine merkwürdigen Träume ein, immer dieselben, Träume, die mir keine Ruhe ließen - ich stehe auf einer wackeligen Hängebrücke, klammere mich krampfhaft an den vermoderten Seilen fest und zittere ... schaue in den tiefen Abgrund hinunter und bange ... erwarte den Moment, in dem die Brücke nachgeben und samt mir hinabstürzen wird ...

Zumindest zwei, drei Mal wöchentlich plagte mich dieser schreckliche Nachtmahr. Ich fürchtete mich vorm Schlafengehen, wachte nachts schweißgebadet auf. Obendrauf bangte ich davor, nachdem ich so voller Panik durch Furcht erweckt ins Bad rannte, um vor meinem Alptraum zu entfliehen, dass dieser sich, sobald ich mich ins Bett legte und einschlief, just da fortsetzte, wo er unterbrochen wurde, was alldem zum Trotz auch geschah.

Auch andere merkwürdige, ungewöhnliche und unerklärliche Dinge suchten mich heim.

Ich fahre mit dem Auto und gerade, wenn ich daran denke, von der Polizei, angehalten zu werden, werde ich angehalten. Oder wenn mir durch den Kopf schießt, dass ich ein Glas zerbräche, geschieht es in der Tat. Ich begann mich vor meinen eigenen Gedanken und Träumen zu fürchten. Als ich meinen Kindern davon erzählte, lachten sie und sagten, ich sei eine Hexe geworden. Niemand nahm es ernst, welche Höllenqualen ich durchlebte.

Eines Nachts träumte ich, ich säße in meinem alten *Fiat* und wartete an der Benzinpumpe, um meinen Wagen zu betanken. Plötzlich schoss Feuer aus meiner Autohaube empor. Das Auto begann zu lodern, und ich kämpfte gegen die eingeklemmte Türe an, um mich zu retten. Das war ein entsetzlicher Traum!

Am nächsten Morgen wachte ich voller Angst und einem unerklärlichem Bangen im Magen auf, denn wahrlich musste ich mein Auto an der Pumpstation betanken. Um mich zu überzeugen, dass ich nur von Wahnwitz besessen sei, entschloss ich mich zu eben jener Tankstelle aus meinem Traum zu gehen. Und dann geschah genau das, wovor ich insgeheim bangte. Kaum zu glauben! Jener Traum hatte sich beinahe offenbart, mit einem Unterschied, dass anstelle der Flamme, nur eine dichte Rauchwolke unter der Haube emporqualmte, doch die Tankwärter verhinderten, dass mein Wagen in Flammen aufging. Fast wäre ich vor lauter Angst in Ohnmacht gefallen. Rennend verließ ich meinen Wagen und keine Macht der Welt hätte mich dazu bringen können, mich wieder hineinzusetzen.

Nach Hause fuhr ich mit dem Taxi. Zarko empfing mich mit seinen wohlbekannten, stets selben Sticheleien, dass ich mir ständig etwas einbildete und es lauter Zufälligkeiten seien und man solchen Dummheiten keine Aufmerksamkeit schenken dürfe.

Da war ich aber anderer Meinung, denn für mich waren es keine Dummheiten. Jedoch musste ich mich zum wer weiß wievielten Male fragen – was da mit mir vor sich ging?

Angst beschlich mich, vielleicht nicht mehr normal zu sein. Sorgsam verfolgte ich all diese *Zufälligkeiten* und suchte nach Antworten auf die Frage, warum sie sich ereigneten, fand jedoch keine. Ich bemühte mich sogar, den Lauf meiner Gedanken zu verfolgen und darauf zu achten, woran ich dachte, wenn möglich sogar nur daran zu denken, was ich mir auch erhoffte.

Währenddessen wurde die Lage in Serbien immer schlimmer. Eine große Wirtschaftskrise brach aus. Die Radio- und Fernsehsender sprachen nur noch darüber. Von Tag zu Tag stieg die Inflation in schwindelerregende Höhen. Das Geld wurde immer wertloser. Die Geschäfte liefen immer schlechter, unbezahlte Rechnungen stapelten sich, die Löhne der Arbeiter verspäteten sich, die Schulden wuchsen ins Unermessliche, und ein Ausweg aus dieser verzwickten Lage ließ sich in der näheren Zukunft nicht einmal andeutungsweise erahnen.

Der Alltagsstress und die harte Arbeit führten dazu, dass ich fortwährend Fieber hatte, doch mir fehlte die Zeit zum Kranksein, da ich weiterarbeiten musste, denn es herrschte allgemeine Knappheit.

Hin und wieder setzte ich mich in den Wagen mit Anhänger, um Margarine aus Valjevo zu holen, einem Ort, der etwa achtzig Kilometer von meiner Stadt entfernt lag. Ich bringe eine Tonne Margarine, und nach einem halben Tag ist sie schon alle. Ausverkauft. Und tags darauf kann ich mit dem *verdienten* Geld, keine einzige Rechnung begleichen. Während ich die Ware holen gehe, hat die Inflation inzwischen den gesamten Gewinn verschlungen. So kam es, dass ich, anstelle etwas zu verdienen, sogar noch draufzahlen musste.

Von Tag zu Tag verschlechterte sich die Lage, und ich versank tiefer und tiefer in Schulden. Um uns über Wasser halten zu können und uns aus dem bodenlosen Abgrund herauszuziehen, nahmen wir eine Hypothek auf, und so verschuldeten wir uns noch mehr.

Im allgemein herrschenden Chaos, der das ganze Land überschwemmte, tauchte der allerletzte Abschaum an die Oberfläche. Nur Betrüger und solche, die Geschäfte jenseits des Gesetzes betrieben, besaßen Geld. Die Ehrlichen hingegen zwang die Not, sich an diese Geschäftemacher um *Hilfe* zu wenden, welche es ausgezeichnet verstanden, an fremder Misere mit ihren üblen Machenschaften noch mehr Profit zu schlagen.

Staatliche Banken gingen Pleite, dafür aber traten Besitzer von Privatbanken zum Vorschein, die Geld, aber keine Ahnung vom Bankwesen hatten. Das Gründungskapital solcher fundierte auf Lügen und dem Betrügen von Unglücklichen, Verzweifelten und Verarmten, die keinen anderen Ausweg sahen und naiv in die Falle tappten, im Glauben, dass diese Aasgeier ihnen eine weitere Chance bieten würden.

Nicht viel anders erging es uns. Als wir in eine finanzielle Sackgasse gerieten, wandten wir uns an einen Mann, den alle Drago, den Zigeuner, nannten, und bekamen von ihm selbstverständlich einen *Kredit*, was eigentlich eine Anleihe war zu Wucherzinsen, welche zum Ziel hatte, möglichst viele Menschen ins Elend zu treiben. In kürzester Zeit wurde Drago zum *Gott und Schreckgespenst* und in der Stadt munkelte man immer öfters darüber, wie er einem seiner Schuldner das Haus abgenommen und dessen Familie auf die Straße gesetzt hatte.

Keiner konnte ihm etwas anhaben. Er hatte Geld im Übermaß und dadurch auch die notwendigen Beziehungen, machte, was er wollte und wie immer es ihm beliebte, nutzte die ausweglosen Lagen der armen Leute aus, die genauso wie wir in die Krise geraten waren. Die Banken hatten kein Geld, was er sich reichlich zunutze machte und seine *Kredite* zu äußerst überzogenen Zinsen erteilte, um später wegen ungetilgter Schulden, die tagein tagaus wuchsen, den Unglücklichen ihr Hab und Gut abzunehmen.

Damit auch unser Haus ihm der Schulden wegen nicht anheimfiel, brüteten Zarko und ich einen Plan aus. Wir beschlossen einvernehmlich, uns fiktiv scheiden zu lassen, um zumindest einen Teil unseres Hab und Guts zu retten. Das Haus lief auf seinen Namen, und die Firma auf meinen.

Die Scheidung verlief schnell und einfach über die Bühne, fünfundzwanzig Ehejahre, ausgelöscht, einfach so, in ein paar Minuten. Fünfundzwanzig Jahre, erfüllt mit nur manch seltenen und schönen Augenblicken, aber umso mehr mit unzähligen Streitereien, viel Leid, Unzufriedenheit und Unverständnis, häufig gar auch Hass. Nach der Scheidung ergriff mich eine sonderbare und unerklärliche Erleichterung. Ich hatte das Gefühl als hätte ich mich einer schweren und kaum erträglichen Bürde entledigt und ich fühlte mich befreit, als hätten wir uns nicht nur formell, des Hauses wegen, sondern auch tatsächlich scheiden lassen.

Schließlich stellte sich heraus, dass unsere Scheidung vollkommen unnütz war. Trotz unserer Trennung musste Zarko ein Dokument unterzeichnen, auf dem stand, dass er seine Zustimmung zum Verkauf des gemeinsam erworbenen Eigentums gibt, falls es zu einer Zwangsvollstreckung der Schulden, die wir als rechtmäßige Eheleute gemacht haben, käme.

Zu jener Zeit fristeten die Menschen in Serbien ein Hundeleben. Die Inflation raffte das Land dahin, man kämpfte ums nackte Überleben. Ein Krieg loderte zwischen den Serben und Kroaten in Kroatien, kurz danach auch in Bosnien.

Aus den Kriegsgebieten drängten Flüchtlinge auf Traktoren mit Fuhrwagen nach Serbien, um dem Gemetzel zu entkommen. Wir besaßen ein Haus mit zwei Wohnungen und dachten, dass es unsere Pflicht sei, diesen erbärmlichen Menschen zu helfen und wollten jemandem bei uns Unterschlupf gewähren. Deswegen zogen wir in die erste Etage und gaben das Erdgeschoss frei.

Mit Darko ging ich zur Sammelstelle, die voller Frauen, Kinder und älterer Leute gewesen ist, die vor dem Krieg geflohen waren und der Hilfe bedurften. Mit großer Bestürzung beobachtete ich diese elendigen Menschen, die vor dem Messer, sowie den Granaten und Kugeln geflohen sind, um ihr bloßes Leben zu retten, wobei sie nur Sachen dabei hatten, die sie in Händen tragen konnten. All das traf mich zutiefst und nebst den ganzen Schulden, hatten wir im Vergleich zu diesen Elenden viel.

In dieser Menge Unglücklicher, erblickte ich eine junge Mutter mit einem kleinen Kind, das ständig weinte. Der Knabe hatte die Bombardierung überlebt und fürchtete sich vor jedem Laut. Wir brachten sie in unser Haus – Slavica, mit dem kleinen Pavle und seiner Schwester Vera.

Außer ihrer Kleidung hatten sie nichts, nur noch ihr nacktes Leben. Natürlich verlangten wir von ihnen keine Miete.

Slavica begann in unserem Laden zu arbeiten, um ihre Familie irgendwie durchzufüttern und sie gab wirklich alles von sich, dermaßen bemüht als gehörte das Geschäft ihr persönlich. "Damit wir euch zumindest ein wenig entschädigten, für alles Gute, was ihr uns gegeben habt" - pflegte sie zu sagen und brach zugleich in Tränen aus.

Ihre Dankbarkeit rührte mich zutiefst, denn ich war nicht der Ansicht, dass sie unsere Mildtätigkeit in irgendeiner Weise abarbeiten müsste. Wir entlohnten sie wie die anderen Arbeiter auch, ohne Rücksicht darauf, dass sie keine Miete zahlte. Irgendwie verstand es sich von selbst, dass es so sein sollte.

Durch die Inflation wurden wir alle kopfüber in den Abgrund gezogen. Ich hatte nicht einmal genug Geld für die Miete meiner drei Läden, die mein schon erhebliches Minus noch verdreifachten. Deshalb wusste ich nicht, wie ich mich aus dieser verzwickten Lage entziehen sollte; tagsüber arbeitete ich und eilte meinen Verpflichtungen hinterher, und nachts konnte ich kein Auge schließen der angehäuften Probleme wegen.

Allseits machten Geschäfte und Firmen bankrott, die jahrelang gut gewirtschaftet hatten. Die meisten Menschen besaßen nicht einmal Geld für Brot. Für die Politiker kamen die *Flüchtlinge* als Ausrede genau richtig, denn eine Million Vertriebener aus den Kriegsgebieten waren nicht zu übersehen. Schon allein die Versorgung dieser Menschenflut war Problem genug.

Meine Eltern befanden sich ebenfalls unter denjenigen, die nicht einmal mehr genug zu essen hatten. Vater konnte dazumal von seiner ganzen Rente gerade einmal eine Schachtel Zigaretten kaufen. Damit sie überleben konnten, brachte ich ihnen selbstverständlich zumindest das Allernötigste vorbei. Wie sehr wir auch unter finanziellen Problemen litten und wie auch immer sie sich mir gegenüber benommen hatten, waren sie nichtsdestotrotz meine Eltern. Ich konnte sie nicht an Hunger sterben lassen und musste sie unterstützen, obwohl es auch uns an allem mangelte.

Mich schmerzte einzig, dass sie nicht einmal einen Funken Dankbarkeit gezeigt hatten, denn sie meinten, es müsse so sein und erachteten es als meine Pflicht. Niemals fragten sie, ob wir genug hätten und wie wir durchkämen und es interessierte sie nicht im Geringsten, wie ich es schaffte, all ihre Erwartungen zu erfüllen.

Es störte mich, aber weiterhin bemühte ich mich, dass alles wie bisher funktionierte. Ihr Verhältnis zu mir belief sich auf *gib und schweig*, wie es seit jeher war. Meines war *zu Schweigen und den Nacken zu beugen* und zu tun, was sie wollten, nur um die Anforderungen meiner Eltern zu erfüllen, um eine brave Tochter zu sein. Dennoch war ich für sie nie gut genug, wie ich es machte und was immer ich auch tat. Das verletzte mich zutiefst. Sogar als erwachsene Frau bemühte ich mich immer noch, die Aufmerksamkeit und Liebe meiner Eltern zu gewinnen.

In diesem ganzen Irrsinn und Tumult, die mich umgaben, fühlte ich mich von Tag zu Tag immer schlechter, was schließlich dazu führte, dass ich einen Arzt aufsuchen musste. Man stellte fest, dass all meine Probleme von schwerer körperlichen und geistigen Erschöpfung herrührten, die zu einer heftigen Lungenentzündung geführt hatte und zu einem Nervenzusammenbruch ausufern könnte. Die behandelnden Ärzte stimmten einvernehmlich überein, dass ich sofort aufhören müsste zu arbeiten, um mich einer Behandlung zu unterziehen, damit ich all meine Probleme vergäße, sonst wären ihre Prognosen höchst besorgniserregend, weil mein Gesundheitszustand ansonsten äußerst kritisch werden könnte.

Unsere Apotheken waren zu dieser Zeit vollkommen leergefegt, nicht einmal die notwendigsten Grundmedikamente gab es, geschweige denn Antibiotika und Injektionen. Somit konnte ich mich auch nicht behandeln lassen, denn es gab schlichtweg nichts mehr in diesem Land. Und wenn man etwas finden konnte, dann nur über *Vitamin B* und *unter der Hand*.

Wenn mir gar das geglückt wäre - hätte ich für eine Injektion fünf D-Mark bezahlen müssen, was für manch einen vier oder fünf Monatslöhne bedeutete. Andererseits, wie könnte ich irgendwo hingehen, meiner Familie entfliehen und sie in so großen Problemen zurücklassen?

Tagein tagaus fühlte ich mich immer elendiger.

* * * * *

Dann rief mich meine Tante, die in Frankreich lebte, an und lud mich zu sich ein, damit ich mich zumindest ein wenig erholte und um mich im dortigen Krankenhaus untersuchen zu lassen. Sie flehte mich an, ihrem Rat zu folgen und versprach, alle Kosten dafür zu übernehmen, so dass ich schließlich nachgeben musste.

Ich setzte mich in den Bus nach Genf, wo mein Bruder Mitar, der schon einige Jahre in Frankreich lebte, auf mich warten und mich wie abgesprochen zur Tante bringen würde, bei der ich zwei Wochen verweilen sollte. Sie würde mich dort zu Untersuchungen begleiten, bis man feststellte, was mir fehlte.

Der Bus war voll von *Gastarbeitern*, die mit *falsch deklinierten Substantiven um sich warfen*, ihre Schuhe auszogen, nach Schweiß rochen, soffen und sangen. Ungeachtet dessen fühlte ich mich endlich nach so langer Zeit in diesem Bus mit ihnen frei und konnte wieder herzhaft lachen. Mich störte weder, dass die Fahrt so lang dauerte, noch der Bus alt und klapprig war und es darin nach dreckigen Socken stank. Nichts störte mich.

All meine Probleme schob ich beiseite und fühlte mich beschwingt wie ein flatternder Vogel. Endlich war ich wieder voller Leben und genoss die unsäglich eindrucksvollen Landschaften Italiens, der Schweiz und Frankreichs. In einem Notizblock vermerkte ich den Namen jeder Stadt, die mir gefiel und in der ich gern leben würde. Schließlich kam dabei heraus, dass mir jede Stadt gefallen hatte und ich überall, nur nicht in Serbien, gerne leben würde. Genau zu diesem Zeitpunkt wurde mir klar, was ich eigentlich wollte!

Und zwar kam ich zum Schluss, dass ich soweit wie möglich von Serbien fort wollte, in eines dieser herrlichen Länder! Hier, wo ich jetzt lebte, konnte ich nicht glücklich sein, in meinem Haus, meinem Land, wo ich das Gefühl hatte, nie dorthin gehört zu haben. Etwas trieb mich fort.

* * * * *

In Genf wartete mein Bruder bereits auf mich. Wir tranken Kaffee und machten uns gemeinsam weiter auf den Weg zu unserer Tante.

Als wir die Serpentinen entlangfuhren, die sich zwischen den Gebirgsketten von Genf bis zur französischen Grenze schlängelten, genoss ich den Ausblick auf die grünen Hochebenen, die sich dösenden Katzen ähnlich zwischen den mit Nadelbäumen bewachsenen Hügellandschaften räkelten. Der Weg führte teils einer canyonähnlichen Schlucht entlang, aus deren Tiefe das Tosen eines Gebirgsstromes heraufbrauste.

Meine Augen ergötzten sich an dem herrlichen Anblick der Natur, und meine Gedanken waren, nach wer weiß wie langer Zeit, friedlich, einzig auf die Schönheit, die mich umgab, gerichtet. Dann fuhr ich von meinem Sitz hoch, etwas durchbohrte meinen Magen, so dass ich mit Mühe wieder zu Luft kam. Meine weit aufgerissenen Augen blieben festgenagelt am Anblick, der sich vor uns offenbarte, haften.

"Mitar, bleib stehen! - schrie ich röchelnd. Aufgeschreckt durch meinen Schrei, bremste Mitar abrupt.

"Um Gottes Willen, was hast du nur? Du hast mir Angst eingejagt!" - stierte er mich verständnislos an.

"Da ist sie, meine Brücke!" - brüllte ich unverdrossen weiter, ihn am Ärmel rüttelnd und ihm die Richtung weisend, wohin er schauen sollte.

"Wie, deine Brücke? Was ist nur in dich gefahren?" - sah mein Bruder mich besorgt an.

"Ja, meine Brücke, die Brücke, die seit Jahren in meinen Träumen erscheint!"

Ich drehte seinen Kopf gen Hängebrücke, die über dem Abgrund beide Seiten der Schlucht, unsere mit der gegenüberliegenden, verband. Alles war wie in meinem Traum!

Ich stieg aus dem Auto und wie verzaubert schritt ich auf sie zu, Mitar mir folgend, ohne zu fassen, was mit mir da geschah. Er schritt neben mir her, mich dabei am Arm haltend. Ich stellte mich vor die Brücke und wie gebannt starrte ich sie an und schwieg. Ich traute meinen Augen nicht, konnte nicht wahrhaben, dass so etwas mir widerfuhr! Jahrelang habe ich von dieser Brücke geträumt und habe sie nun, zu guter Letzt gefunden. Ich hatte ein sonderbares Gefühl, wach zu sein, und dennoch zu träumen, was ich mir nicht erklären konnte, denn mir war jegliches Gespür für die Wirklichkeit abhandengekommen. Träume ich oder entspricht das der Realität? ...

Schon wieder stehe ich auf der wackeligen Hängebrücke, halte mich krampfhaft an den modrigen Seilen fest und zittere ... habe Angst. Ich bin auf der anderen Seite!

Und auf einmal kam in mir das Gefühl auf, endlich dort angekommen zu sein wo ich hingehörte. Nie werde ich genau beschreiben können, was damals in mir vorgegangen ist, doch tief im Innersten war ich irgendwie sicher – dass ich an dem Ort angelangt bin, der mir beschieden war. Jedes Puzzle war nun am richtigen Platz. Weshalb – ich weiß es nicht. Eine kausale Erklärung ließ sich für die ganzen Ereignisse schwerlich finden.

Und dann, als wäre ich aus einem Traum erwacht.

Vor mir befand sich nach wie vor die Brücke. Sie war alt und stillgelegt. Davor stand ein großes Schild mit der Inschrift: *Überqueren der Brücke verboten.*

Darunter gähnte ein gewaltiger, bodenloser Abgrund, vor dem ich mich jahrelang gefürchtet hatte.

Noch immer quälten mich Unbehagen und Angst, während ich mich der Brückenabsperrung näherte. Ich wollte mich zumindest vor dieser Brücke fotografieren, um ein Erinnerungsfoto zu haben, als Beweis, dass sie existierte.

Als ich Mitar, so aufgeregt wie ich war, in kurzen Zügen geschildert hatte, um was es sich handelte und welche Bedeutung diese Brücke für mich darstellte, bekreuzigte er sich nur und sagte:

"Du bist nicht bei Sinnen! Zum ersten Mal im Leben höre ich so etwas! Wie können solche Dinge geschehen?"

Dann erzählte ich ihm auch all meine früheren Träume, die sich verwirklicht haben. Er glaubte mir nicht und schlug mir vor, einen Psychiater aufzusuchen, denn er meinte, mit mir stimmte etwas nicht. Teilweise war er im Recht, denn mir *fehlte* tatsächlich etwas, doch ich war immer mehr davon überzeugt, dass mir ein Psychiater das, was mir fehlte, nicht geben konnte und ich es mir selbst erkämpfen musste.

* * * * *

Viele Jahre später kam ich in Deutschland in Berührung mit einigen Deutschen und einem Russen, die sich mit Traumdeutungen beschäftigten. Sie wollten mir fachlich, in Seancen erklären, wie und weshalb sich all die Dinge so zugetragen hatten, aber mir fehlten sowohl Zeit als auch das nötige Geld, um damit anzufangen, obwohl ich es mir stark wünschte und es auch heute noch tue.

* * * * *

In Frankreich hegte und pflegte mich meine liebe Tante, schaute nach meiner Gesundheit und gab mir all das, was meine Mutter mir nicht bieten wollte oder konnte. Uneigennützig schenkte sie mir Liebe und das Gefühl, etwas wert zu sein und dass es gut sei, dass es mich gäbe! Meine liebe, gutmütige Tante hatte sich vollkommen meiner Genesung verschrieben. Als ihr Gast vergaß ich all meine Probleme und dachte nur an meine Kinder und mich.

Ich fühlte mich wohl während ich als Gast bei meiner Tante weilte, erholte mich physisch wie auch psychisch, musste dann aber, derart ausgeruht, wieder zurückkehren in meinen düsteren Alltag.

Meine Rückkehr aus Frankreich fiel mir schwerer als erwartet. Die Inflation hatte in der Zwischenzeit alles entwertet, jegliche Grundlage fehlte, um Geschäfte führen zu können. Mit jedem neuen Tag stiegen die Schulden, und die Knappheit der Nahrungsmittel – wie Milch, Brot und allem übrigen - nahm zu. Auch gab es kein Benzin, nichts gab es mehr.

Mich erwarteten nur ein Stapel unbezahlter Rechnungen und die Worte meines Mannes:

"Mach, was immer du willst! Die Firma gehört dir! Sieh zu, wie du dich da herauswindest. Ich habe meine Arbeit!"

Ich tröstete mich damit, dass er augenscheinlicher Beweis

der Redewendung *die Ratten verlassen als erste das sinkende Schiff* war. Als alles noch gut lief und das Geld stimmte, gehörte die Firma natürlich auch ihm. Überall hatte er herumgeprahlt, wie er als Besitzer einer erfolgreichen Firma geschäftstüchtig sei. Und nun, wenn der Untergang in Sicht ist, gehört die Firma nur mir, wie natürlich auch alle Schulden.

Jetzt war ich allein dafür verantwortlich, dass es nicht mehr wie früher war und es zum endgültigen Bankrott gekommen ist. Zu alledem brodelte auch noch die Gerüchteküche der Nachbarn:

"Armer Zarko! Er allein schuftet, und sie takelt sich nur auf. In solch schweren Zeiten reist sie in der weiten Welt herum! Schaut, wie weit sie ihre gemeinsame Firma gebracht hat.

Alle um uns herum machten pleite, sogar der ganze Staat ging unter, aber wie es schien, durfte mir so etwas nicht widerfahren. Das war die Zeit, in der viel Schlauere als ich untergingen.

Ich musste all unsere Läden schließen und das gesamte Personal entlassen. Außer uns verloren weitere achtzehn Personen ihre Arbeit. Wir versuchten auf jede erdenkliche Weise, einen Ausweg aus der Misere, in der wir steckten, zu finden. Wir fragten uns, wie es weitergehen sollte? Nicht nur dass ich mich danach sehnte, erneut ins Ausland zu gehen, es war auch der einzige Ausweg, den man sich vorstellen konnte. Sich nochmals auf den Weg machen, alles von vorne beginnen, um vom Leben noch zu retten, was zu retten war. Ich setzte alles in Bewegung, um das auch zu verwirklichen.

Aufbruch nach Italien

Das waren auch noch jene Zeiten, in denen man niemandem trauen konnte. Die Menschen erkannten, dass man auf ehrliche Weise nicht überleben konnte, so dass diejenigen, die auch sonst als *verderbliche Ware* galten, es kaum erwarten konnten durch Lug und Trug zu Geld zu kommen. Obwohl mir das bekannt war, glomm in mir immer noch die Hoffnung, dass nicht alle so seinen, und ich versuchte deshalb über eine Agentur, die notwendigen Papiere für Zarkos und meine Abreise nach Italien zu besorgen. Der Agenturinhaber bemühte sich, uns zu überzeugen, dass alles ehrlich abgewickelt werden würde und wir uns keine Sorgen machen müssten. Wie auch immer skeptisch ich solchen *Kombinationen* gegenüberstand, glaubte ich ihm, da er einen ernsthaften Eindruck machte und bisher alles wie versprochen erledigt hatte.

Alles verlief einwandfrei bis wir ihm das Geld gegeben hatten, danach wie in der Redewendung: *Leere Versprechungen – des Dummen Freude.* Von seinen Zusicherungen blieb nichts übrig. Über Nacht verschwanden sowohl er als auch seine Agentur, und somit auch unser Geld, zurück blieben nur wir, hereingelegt, betrogen, abgezockt.

Unmengen an Geld, das wir nicht besaßen und mit Ach und Krach geliehen hatten, luchste er uns ab. Wir gerieten in eine noch schlimmere Lage, aus der wir keinen Ausweg sahen und mussten es erneut probieren, dieses Mal auf uns selbst gestellt. Wir machten uns auf den Weg nach Rom, in der Hoffnung, dort bleiben zu können und vor Ort die notwendigen Papiere zu bekommen.

In der Zwischenzeit ist Slavica, unsere Mieterin, mit Sohn und Schwester nach Bosnien zurückgekehrt. Da sie schwanger war und ihr Kind in Bosnien, in ihrem Heim und bei ihrer Familie zur Welt bringen wollte, zog sie nach Hause zu ihrem Mann. Der Krieg dauerte nun schon so lange an, dass dieser für sie seinen Schrecken verloren hatte, und sie nur noch schnellstmöglich weg wollte.

"Wenn mir beschieden ist, umzukommen, so werde ich

umkommen. Eines ist sicher, so kann ich nicht mehr weiter!"
– sagte sie mit bebendem Kinn.

"Sollte ich ein Mädchen kriegen, benenne ich sie nach dir,
Natalija", – umarmte mich und brach in Tränen aus.

Auch ich war zutiefst erschüttert und traurig, dass sie ging,
aber ich verstand sie. Ihr Herz drängte sie zu ihrem Mann und
sie musste seinem Ruf folgen.

Ihren Platz nahm nun eine andere Familie ein, bestehend
aus einer älteren Frau mit Sohn, Schwiegertochter und deren
zwei kleinen Kindern, die aus Kroatien geflohen waren.

Auch sie hatten ein Golgatha auf ihrem Weg durchlebt. Sie
konnten wählen zwischen - niedergemetzelt zu werden oder
ihr Heim samt gesamtem bis dahin erworbenem Hab und Gut
zurückzulassen, so dass sie geflohen sind, um ihr nacktes Leben zu retten. Wir nahmen sie auf und sie wohnten bei uns
ganze elf Jahre mietfrei, da sie mittellos waren. Es waren ehrbare und gütige Menschen, denen ich mein vollstes Vertrau-
en schenken konnte, und es stellte sich als vorteilhaft heraus,
dass sie bei uns wohnten, denn sie kümmerten sich um unseren Sohn Darko und hüteten unser Haus, als wir beide nach
Italien gegangen waren.

Die Ankunft in Rom aus Serbien, wo Armut einen auf
Schritt und Tritt verfolgte, erschien wie die Offenbarung des
schönsten Traums. Wir waren umgeben von einer lebhaften
Millionenstadt mit fröhlichen Menschen, die in alle Richtungen wie Ameisen dahineilten, mit Händen voller Tragetaschen
Nahrung, Kleidern und all jener schönen Dinge, die man dort,
woher wir kamen, nicht sehen, geschweige denn sich vorstellen konnte.

In der Luft spürte man, wie das Leben um einen herum
förmlich pulsierte und strömte. In dieser Stadt ist die Zeit
nicht stehengeblieben wie in unserem Land. In Zügen, Bussen,
auf Parkbänken - saßen Menschen und lasen Bücher. Nirgend-
wo habe ich so viele Lesende gesehen wie in Rom. Neben all
der Schönheit, konnte man auch die andere, weniger schöne
Seite sehen. Rom war voll von Bettlern, die an jeder Ecke mit
ausgestreckter Hand dastanden, was teilweise das herrliche
Bild dieser großartigen Stadt trübte.

"Prego, ho fame" - bettelten sie um etwas Geld.

Gerne hätte ich ihnen eine Kleinigkeit gegeben, doch mir erging es nicht viel besser. Ich hätte mich ruhigen Gewissens neben sie stellen können, um auch ein paar Münzen abzubekommen, so arg hätte ich sie gebraucht. Trotz alledem fühlte ich mich in Rom wunderbar. Buchstäblich verschmolz ich mit diesem lebendigen Bild der Schönheit, des Wohlstands und Glücks und vergaß für eine Weile all meine Probleme. Mein Herz wurde von der Hoffnung erfüllt, genau hier alles zu finden, nach dem ich gesucht habe. Doch ich fragte mich unentwegt, nach was ich überhaupt auf der Suche war, denn ich wusste es selbst nicht mehr genau.

Für den Anfang wollte ich einen Ausweg aus meiner katastrophalen materiellen Lage finden! Zunächst galt es, eine Arbeit zu finden, bei der ich ausreichend verdienen konnte, um unser Haus vor dem Ruin zu retten. Ich wollte die Hypothek auf unser Haus tilgen, damit Drago, der Zigeuner, seine verdorbene Wucher-Pfote nicht auf mein Eigentum legen und meinen Kindern damit das Dach über dem Kopf entwenden konnte.

Das gesamte Geld, das wir dabei hatten, mussten wir für die Miete im Voraus bezahlen. Nur so konnten wir eine Arbeitsgenehmigung und Aufenthaltserlaubnis bekommen. Uns blieb nichts mehr übrig. Meine anfängliche Begeisterung ging langsam in Panik über, denn es war nicht leicht, Arbeit zu finden, und die Bettler, die die Straßen überschwemmten waren allesamt Ausländer, die um überleben zu können, in allen Ecken flehend herumlungerten und auf die Verwirklichung ihrer Träume hofften. Auch ich war in dieser Stadt eine Fremde.

Im Innersten fragte ich mich, *ob auch mich das Schicksal dieser armen Teufel erwartete? Würde ich in dieser Stadt das erhoffte Glück finden?*

Antworten fand ich keine. Was die Arbeit betraf, sah es nicht so rosig aus, und die Kinder, denen wir ebenfalls Geld zum Leben schicken sollten, sind in Serbien zurückgeblieben und immer noch wollte mir keine leuchtende Idee in den Sinn kommen, wie und wo ich es herzaubern sollte.

Darko war nicht einmal volljährig und wir mussten ihn alleine zurücklassen. Stefan studierte in einer anderen Stadt. Ich verzehrte mich vor Sorgen um die beiden und dachte unaufhörlich daran - was sie wohl gerade machten, ob sie hungerten und genug Geld hätten? Welch ein Glück, dass wir diese Flüchtlingsfamilie bei uns aufgenommen hatten, da sie sich um Darko wie um einen eigenen Sohn kümmerten.

* * * * *

Unsere Mietwohnung war schön und geräumig, mit Blick aufs Meer. Aber mit der Zeit verlor die ganze Herrlichkeit, die mich umgab, immer mehr an Bedeutung. Auf der Suche nach Arbeit lief ich wie kopflos durch die Straßen. *Was sollte ich tun?* – war mein einziger quälender Gedanke - *Keine Arbeit... Kein Geld für uns noch für unsere Kinder.*

Beim Lebensmitteleinkauf beobachtete ich neiderfüllt die Glücklichen, welche Einkaufswagen voller Fleisch, Milch, Obst und Süßigkeiten vor sich herschoben, während wir hier in Rom und unsere Kinder daheim in Serbien nichts hatten, und jedes Mal wünschte ich mir sehnlichst eine Änderung herbei, dass uns endlich bessere Zeiten bevorstünden. So verspürte ich in den Tiefen meiner Seele eine Erleichterung und wusste, dass dieser Tag einmal kommen würde.

Zarko verbrachte die Tage in einer nahegelegenen Bar, wo er Schach spielte und darauf wartete, dass jemand vorbeikäme und ihm Arbeit anböte, doch daraus wurde nichts. Ich fand zuweilen eine Beschäftigung, meistens nur kurzfristige Jobs, wie hier eine Wohnung sauber zu machen oder dort Fenster zu putzen, all diese nur stundenweise oder eventuell für ein paar Tage, was bei weitem nicht einmal fürs Essen reichte, geschweige denn zu dem, weshalb wir nach Italien gekommen waren.

Schließlich verlor Zarko die Geduld, denn er hatte von allem die Nase voll, so dass er mir eines Tages mitteilte, er wolle zurück nach Serbien ins traute Heim. Seine Ausrede lautete, wenn er schon tatenlos herumsitzen müsse, dann schon bei seinen Kindern, denn hier war er ohnehin nutzlos. Er meinte, er käme zurück, wenn ich ihm eine Arbeit fände. So ging er und ließ mich allein ohne einen Heller und mit der Frage zurück - was sollte ich nun tun?

Ich beschloss mein Glück in Ostia, einem Städtchen nahe Rom, zu versuchen, wohin es mich auf der Suche nach Arbeit verschlagen hatte. Der erste Mensch, den ich in Ostia kennenlernte, war Betty, eine Italienerin, die mir alsbald nahestand wie eine Schwester.

Ihr konnte ich alles anvertrauen, obwohl mein italienisch sehr schlecht war, aber wir verständigten uns, wie gut es ging, wenn nötig auch mit Händen und Füßen.

Doch wenn sich Menschen nahe stehen, verstehen sie sich sogar, wenn sie nicht dieselbe Sprache sprechen. Sie riet mir, die russische Kirche aufzusuchen, um dort Hilfe zu erbitten. So ging ich hin und erzählte alles dem Priester, weinte mich aus, befreite meine Seele von der Last und fand so Erleichterung. Er hörte mich an, doch Hilfe bekam ich keine.

"Geh doch zur Charité, meine Tochter, dort wird man dir zu essen geben" - war sein einziger Rat.

Meine Hoffnungen, dass er mir helfen würde, verflogen. Ich hatte schon von der *Charité* gehört, doch das Wort allein klang schon schrecklich genug.

Ich wusste, dass *Caritas* eine internationale humanitäre Organisation unter der Schirmherrschaft der Römisch-Katholischen Kirche war, die Armen und Bettlern Hilfe bot. Mich schmerzte, dass auch ich so tief herabgesunken war, und mich an sie wenden musste, um ein Stückchen Brot zu bekommen. Bedeutete dies nun, dass ich eine von ihnen sei? Diese Gewissheit erniedrigte mich und gab mir vollends den Rest. Nie im Leben hätte ich mir vorstellen können, einmal so tief zu sinken.

Zu jenen Zeiten vor der Inflation als ich noch drei Läden besaß, fehlte es uns daheim an nichts! Was auch immer wir uns wünschten, konnten wir uns leisten. Geld gab es reichlich, wir hatten gar drei Autos. Zumindest was das Materielle betraf, lebten wir ausgezeichnet, und nun war ich soweit herabgesunken, dass ich am Hungertuch nagend, bei *Caritas* um Almosen betteln musste. Scham und Schmach drohten mich zu verschlingen.

Was blieb mir letztendlich übrig? Ich hatte keine Wahl, musste meinen Stolz überwinden, denn ein hungriger Magen fragt nicht, ob du Würde hast oder nicht, noch wo du essen wirst, und wenn du so tief gesunken bist, macht es nichts aus, was du isst - Hauptsache, der Magen ist voll.

In der Halle der *Caritas* wimmelte es nur so von Elenden wie ich eine war. Alle saßen gesenkten Hauptes und aßen, was ihnen vorgesetzt wurde, genauso auch ich. Mit auf den Teller fixiertem Blick, ohne zu bemerken, was darauf lag, versuchte ich das, was ich mir hastig in den Mund stopfte, herunterzuwürgen. Ich dachte, ich würde ersticken und wagte nicht den Blick zu erheben. Mir schossen unaufhörlich Tränen in die Augen, aber ich hoffte, dass es hinter meinen Brillengläsern niemand bemerken würde. Dann richtete ich meinen Kopf auf und sagte zu mir selbst: *Das ist nur vorübergehend, hier bleibe ich nicht lange! Irgendwie komme ich schon zurecht - werde eine Arbeit finden, auf Teufel komm raus!*

Zwei Tage später begann ich in einer Schneiderei zu arbeiten. Ich arbeitete vier Stunden täglich für vierhundert D-Mark im Monat, allein für die Miete benötigte ich schon siebenhundert.

Also blieb mir nichts übrig, als weiterhin bei der *Caritas* zu essen. Mich freute, wenn es regnete, denn dann konnte ich mich hinter dem Regenschirm verstecken, damit niemand die Möglichkeit hatte zu sehen, wo ich ein und ausging, um mich durchzufüttern. Das war ein äußerst harter und schmerzhafter Abschnitt meines Lebens, doch es gibt keine Lebenslage an die sich der Mensch nicht anpassen könnte. In der Zwischenzeit hatte ich mich an meine schändliche Lage gewöhnt. Ich konnte nicht aus meiner Haut, einzig was zählte war, zu leben und zu überleben.

Währenddessen wusste Zarko nichts mit sich anzufangen. Natürlich passte ihm Serbien auch wieder nicht, und er entschloss sich, erneut nach Italien zurückzukehren. Nicht eine Arbeit in Italien sehnte sich besonders nach ihm, so dass auch er sich auf dem Wege zur *Caritas* mir zugesellen musste. Im Unterschied zu mir fiel ihm das gar nicht schwer, sich dort zu ernähren.

Außer Tee hatten wir zu Hause nichts. Zumindest war uns jeden Tag ein warmes Mittagessen gesichert bei der Charité-Tafel. Wie sehr ich mich auch schämte, lernte ich mit der Zeit, mich zurechtzufinden. Zum Mittag ließ ich mir noch eine zusätzliche Scheibe Brot geben, die mir dann daheim fürs Abendessen reichte, denn sonst müsste ich leeren Magens zu Bett gehen. Fürwahr, harte Zeiten!

Am meisten bedrückte mich, dass ich meinen Kindern nichts schicken konnte. Kein Tag verging, an dem ich mich nicht fragte, ob sie genug zu essen hätten. Mich tröstete, dass Stefan sich in Novi Sad irgendwie zurechtfand, indem er nebenbei Geschäfte machte und auf diese Weise etwas dazuverdiente. Um Darkos Verpflegung kümmerten sich unsere Mieter.

Unverzeihlich fand ich, dass meine Mutter, die nur fünfzig Kilometer von ihm entfernt lebte, nie auf den Gedanken gekommen war, ihn zu besuchen, um zu sehen wie es ihm ginge oder ihn zumindest angerufen hätte, um zu fragen, ob er etwas benötigte und genug zu essen habe. Es war, als hätte er gar keine Großmutter.

Auf Zarko konnte ich schon seit langem nicht mehr zählen, er war nur noch eine zusätzliche Last für mich. Von ihm konnte ich sowieso nichts erwarten, aber ich vermochte mich nicht damit abzufinden, dass der Vater meiner Kinder nichts zu essen hatte. Er gab sich wahrlich mit der *Caritas* zufrieden, aber mich regte auf, dass er in totale Lethargie versunken war und es ihm vollkommen ausreichte, zumindest ein kostenloses Mittagessen zu bekommen, und dass er nicht einmal einen Finger rührte, um Arbeit zu finden, damit er seine Lage änderte.

Wie sollte es weitergehen? Wie konnte ich einen Ausweg finden? In meiner Haut fühlte ich mich eingeengt und meinte platzen zu müssen. Eine Rückkehr nach Serbien kam nicht in Frage, denn dort war es noch schlimmer. Wir mussten an Ort und Stelle einen Ausweg für uns alle finden. Die Nächte fielen mir besonders schwer, da ich einfach keinen Schlaf fand.

Zarko hingegen lag in seinem Bett und schlief fest, schnarchte, während ich im Wachen an die Kinder dachte. Ich meinte, vor Kummer vergehen zu müssen und fragte mich unentwegt, was das noch für ein Leben sei, dass ich führte. Getrennt von den Kindern lebte ich in Italien, und nicht einmal zum Essen hatten wir genug. Meine Gedanken wirbelten im Kreis. Ich betete zu Gott, möge ich irgendwo eintausend Lire – was ungefähr einhundert D-Mark entsprach – auftreiben, um sie meinen Kindern zu schicken.

Und dann, ich erinnere mich noch genau, es war Sonntag, Zarko spielte wie üblich Schach in der Bar. Gleich nach dem Essen bei der Caritas begab ich mich nach Hause. Die Straßen waren wie leergefegt, keine Menschenseele weit und breit. Wie immer drehten sich meine Gedanken um die Kinder. In diesem Augenblick fuhr ein Fahrrad mit zwei jungen Kerlen an mir vorbei, die johlten, kicherten und mit Händen und Füßen umherschlugen. Ich wich zur Seite, um sie vorbeizulassen, und sah in diesem Moment, wie aus ihrer Richtung eine schwarze Geldbörse in großem Bogen zugeflogen kam und schnurstracks vor meinen Füßen landete.

Wie versteinert stand ich da und konnte meinen Augen nicht trauen. Ich dachte, ich halluzinierte. Die Jungs waren längst ihres Weges gegangen und verschwunden. In der Nähe war niemand zu sehen. Von Angst ergriffen, wusste ich nicht, was ich tun sollte, das Portemonnaie nehmen oder nicht? Ich blickte mich nach allen Seiten um, ob mich jemand beobachtete.

Doch es war niemand in Sicht. Mich beschlich ein Gefühl als sei ich selbst ein Dieb und klaute. Doch die Hoffnung, dass ich womöglich in diesem Geldbeutel das arg nötige Geld finden würde, war stärker als Gewissen und Angst, als alles andere. Schnell schnappte ich die Geldbörse, steckte sie in die Tasche und bog in die nächste Straße ein. Ich hatte keinen Mut, sie zu öffnen, bis ich unsere Wohnung betreten hatte. Als ich sie öffnete - stockte mir der Atem. Darin war genauso viel Geld, wie ich mir gewünscht hatte - einhundert D-Mark nämlich.

Nur für einen Augenblick fragte ich mich, wer mir wohl dieses Geld geschickt haben mochte. Welch höhere Gewalt? Dieses Geld ist buchstäblich vom Himmel gefallen. Ich wusste die Antwort weder damals, noch weiß ich sie heute. Nur eines ist sicher, dass mir auch später des Öfteren im Leben auf unerklärliche Weise widerfuhr, manches zu bekommen, was ich mir auch gewünscht hatte.

Am nächsten Tag schickte ich das Geld sofort meinen Kindern, ohne Gewissensbisse. Ich war den beiden Jungs von ganzem Herzen dankbar, aber auch jemandem dort oben, der dieses Geld vor meine Füße hat fallen lassen.

Zarko konnte es nicht glauben und behauptete von neuem, dass ich eine Hexe sei. Selbst wenn ich auch eine gewesen wäre, hätte es mir nichts ausgemacht, denn einzig zählte, dass ich den Kindern zumindest etwas Geld schicken konnte, alles andere war unwichtig.

Ein Tag nach dem anderen verging, identisch wie auch eintönig zugleich, und ohne Hoffnung, dass es aufwärts gehen würde. Ich verdiente zumindest etwas, Zarko dagegen nichts, weil er keine Arbeit finden konnte. Hin und wieder bekam er einen kleinen Job, aber Aussicht auf ein besseres Leben bestand nicht. Was sollten wir nur tun? Die Frist für die Rückzahlung des aufgenommenen Kredits rückte immer näher, und uns war bewusst, wenn wir diesen nicht tilgten, käme unser Haus *unter den Hammer*.

Der Gedanke quälte mich, unser Haus wegen unausgeglichener Schulden zu verlieren und dass unsere Kinder auf der Straße landen könnten. Ich hütete mich, daran zu denken. Nebst all dieser Sorgen, plagten mich auch einige *eigene* unerklärliche Unruhen, denn ich spürte Anzeichen eines neuen Unglücks...

Stefan belagerte unaufhörlich meine Gedanken, warum, konnte ich nicht sagen. Wir telefonierten oft, doch plötzlich ergriff mich eine sonderbare Unruhe und ich spürte ein starkes Bedürfnis, seine Stimme zu hören.

Zuerst versuchte ich, ihn im Studentenheim zu erreichen, doch er meldete sich nicht, dann rief ich zu Hause an, bekam wieder keine Antwort, was für ihn sehr ungewöhnlich war, da er sich eigentlich immer meldete. Mein Gespür sagte mir, dass etwas vorgefallen sein musste, etwas nicht in Ordnung wäre.

Drei - vier Tage versuchte ich ihn vergebens telefonisch zu erreichen. Schließlich stand ich eines Morgens um fünf Uhr auf und rief ihn erneut aus einer Telefonzelle an, denn ich rechnete damit, dass er um diese Zeit zuhause oder im Studentenheim sein müsste. Wieder nichts... Keine Antwort...Mit jeder Faser meines Körpers konnte ich das Unglück erahnen.

Nach einigen Tagen erreichte mich die Nachricht, dass mein Sohn einen schweren Verkehrsunfall gehabt habe, bei dem drei seiner Freunde tödlich verunglückt seien und er schwer verletzt wurde.

Es gibt keine Worte, mit denen man diesen Schmerz und diese Trauer beschreiben könnte, diese Angst, der eine Mutter gegenübersteht bei der Möglichkeit, das eigene Kind zu verlieren, wenn sie sich vor dem verzweifelten Gedanken vorfindet – ob er es schaffen wird - und auch vor diesem schrecklichen Ohnmachtsgefühl, ihm nicht helfen zu können.

Mehr als alles auf der Welt wollte ich dorthin eilen, um ihn zu sehen und mich davon zu vergewissern, dass er lebte, ihn umarmen und trösten, den Schmerz und die Trauer mit ihm teilen, zumindest sehen, wie es ihm ginge - aber ich konnte nicht, da ich nicht einmal genügend Geld für die Fahrkarten nach Serbien hatte.

Ich verfluchte mein Leben, mein Schicksal, meine schreckliche Mittellosigkeit, dass ich auf widrigste Weise die Armut an eigener Haut kennenlernen musste.

Ich verwünschte alles, weinte, winselte wie ein verletzter Hund. Dieses Unglück hinterließ tiefe Spuren in Stefans Seele. Er musste mitansehen, wie seine Freunde tot neben ihm lagen und wäre dabei um ein Haar selbst gestorben. Seine toten Kameraden taten mir unheimlich leid, aber dennoch war ich froh und dankte Gott, dass er mich vor der schlimmsten Tragödie überhaupt bewahrte, indem er mir meinen Sohn nicht genommen hatte.

Einmal mehr schwor ich mir, dass ich Zarko verlassen und mir einen Mann finden würde, der mir ein normales Leben bieten könnte und sich um seine Familie sorgte, und der nicht nur darauf achtete, wie er von heute auf morgen überlebte, einen Mann, mit dem ich nicht in so eine Situation geraten würde, kein Geld für eine Fahrkarte zu haben, um den schwerverletzten Sohn zu besuchen.

In meiner hysterischen, ohnmächtigen Wut hatte ich dies Zarko auch gesagt. Er antwortete kurz und bündig:

"Interessiert mich nicht! Du kannst mich auf der Stelle verlassen, wenn dir danach ist! " Glücklicherweise ging mit Stefan alles gut aus. Er hatte seine äußeren, physischen Verletzungen überwunden, doch innerlich litt er lange, lange seiner verlorenen Freunde wegen. Auf seinem Gesicht blieb eine sichtbare Narbe zurück, aber in der Seele hatte sich die tiefere und gefährlichere fest eingefurcht, nämlich die Narbe, die nie verheilt ist. Auch heute noch bricht sie häufig aus, aber er trägt sie stoisch und wird sie sein Lebtag lang mit sich tragen, denn solche Erlebnisse kann man niemals überwinden, und Stefans Güte, Empfindsamkeit und sein Gefühlsvermögen, erschwerten ihm obendrein, all dies zu ertragen.

Zum Glück hat jedes Übel, wie alles im Leben, auch ein Ende. Wir mussten uns nicht mehr um Stefans Leben sorgen und unser Augenmerk darauf richten, wie es weitergehen sollte. Nach drei Monaten suchten wir die *Caritas* nicht mehr auf, denn allmählich verdienten wir zumindest so viel, dass wir uns selbst versorgen und den Kindern zudem etwas Geld schicken konnten, doch das reichte nicht aus, denn alles was darüber ging, übertraf unsere Möglichkeiten. Wir kamen über die Runden, doch um den Kredit zurückzuzahlen, hätten wir viel Geld sparen müssen, aber nachdem wir unsere Grundbedürfnisse befriedigt hatten, blieb dafür kein Heller übrig und die vorgegebene Frist endete bald.

* * * * *

Eines Tages sah ich in einer Fernsehreportage, dass es im Norden Italiens, in Bozen, genügend Arbeit für alle gäbe. Die Journalisten, die die Einheimischen interviewten, schlossen ihre Reportage mit folgenden Worten ab:

"Alle, die arbeiten wollen, können in Bozen sofort einen Job bekommen!"

Vor Begeisterung sprang ich auf.

"Das ist unsere Chance! Die Rettung! Wir müssen dorthin! Denn dort erwartet uns die Möglichkeit, Geld zu verdienen und diese verdammte Haushypothek vom Hals zu schaffen! Endlich werden wir diese Angst und diesen Druck los!

Mir schwebte vor, dass Zarko, da er in Ostia keine feste Arbeit hatte, vorausging, und wenn er Fuß fasste, könnte ich nachkommen, seine Raison war aber eine andere, er dachte nicht daran, sich vom Fleck zu rühren und sich um etwas zu kümmern .

"Nein, besser du gehst! Du findest dich schneller zurecht" - lautete seine Antwort.

Damit war für ihn jegliche Diskussion zu diesem Thema abgeschlossen. Unsere Notlage und die Notwendigkeit, das Haus der Kinder halber nicht zu verlieren, wie auch der Wunsch nach einem besseren Leben, drängten mich immer mehr, den Weg dorthin zu wagen. Die Verachtung Zarko gegenüber steigerte sich von Tag zu Tag.

"Geh du, Gattin, du wirst dich schneller zurechtfinden! Und finde auch gleich etwas für mich. Frauen schlagen sich immer besser durch als Männer" - leierte er unentwegt dahin.

Seine Worte widerten mich an, mein Kopf schmerzte von den Gedanken, die mich verfolgten: *Welch richtiger Mann würde so etwas zu seiner Frau sagen? Gott hat doch den Mann geschaffen, um Säule seines Heims zu sein, sich um Frau und Familie zu kümmern... Dieser Mann, mit dem ich jahrelang mein Leben teilte, ist keinen Pfifferling wert! Weshalb habe ich ihn überhaupt? Mit ihm fühle ich mich wie ohne ihn. Also, werde ich gehen! Ich muss! Unsere ausweglose Situation lässt mir keine Wahl zu. Es besteht keine Aussicht, dass sich etwas von alleine zum besseren wendete. Geld hatten wir nur noch für die nächste Miete - und das war's. Was dann? Sollten wir auf der Straße landen?*

Also, übernahm ich die ganze Verantwortung auf mich. Meine Achtung Zarko gegenüber habe ich vollkommen und endgültig verloren, und mein Leben mit ihm wurde unerträglich. Wir waren nie ein richtiges Ehepaar, ein Paar, dass sich liebte, verständnisvoll miteinander umging, sich gut vertrug und ein harmonisches Leben führte, aber einstmals konnten wir uns zumindest ertragen und einander achten. Doch nun war auch dies verschwunden, nur gegenseitige Abneigung blieb zurück.

Mich tröstete, dass ich meinem Fortgang zumindest etwas Positives abgewinnen konnte, nämlich ihn nicht ständig vor Augen haben zu müssen, damit ich innerlich zur Ruhe fände und keine heile Welt vorgaukeln müsste, da bei uns längst nichts mehr so lief, wie es laufen sollte.

So beschloss ich definitiv, mich nach Bolzen aufzumachen, um Arbeit zu finden. Franco, der Vater von meiner Freundin Betti, versuchte, mich von meinem Vorhaben abzubringen, indem er wiederholte, dass die dortigen Menschen kalt, gefühllos seien und ich da sicherlich nicht das erhoffte Glück fände. Er versuchte mich zu überzeugen, da zu bleiben, wo ich war.

Mein Gefühl sagte mir nichts, denn ich war nicht in der Lage zu wählen. Ich musste die Gelegenheit, die sich mir bot, am Schopf packen. Und so begann ich mit den Vorbereitungen, mich ans andere Ende dieses großen Landes zu begeben, vom Süden in den Norden. Eine erneute Reise ins neue Ungewisse.

Ich verstaute mein ganzes Hab und Gut in meinen alten, zerlumpten Koffer, mein ganzes Leben hatte in diesem erbärmlichen Gepäckstück Platz, darin lag mein ganzer *Reichtum*. Ich betete zu Gott, dass der Koffer zumindest bis zu diesem Bozen nicht auseinanderfiele, der Stadt, von der ich nie zuvor gehört und wohin ich mich auf den Weg gemacht habe.

Noch einmal drehte ich mich um, um einen letzten Blick auf die Wohnung, in der ich das letzte Jahr geweilt hatte, zu werfen, denn ich war mir sicher, dass ich nie wieder dorthin zurückkehren würde. Und eine unerklärliche Trauer beschlich mich, denn mir wurde klar, dass ich wie ein Nomade lebte, von einer Stadt in die nächste ziehend, ohne geringste Vorstellung davon, was mich noch alles im Leben erwartete. Verzweifelt fragte ich mich - Was ist das nur für ein Leben, - was wohl mein nächster Schritt sein würde?

Um elf Uhr nachts setzte ich mich in den Zug, in dem noch einige weitere Fahrgäste saßen. Die Angst vor dem Ungewissen ließ mich kein Auge schließen. Ich war vom Gedanken bedrängt - wohin mich der Weg führte, was mich dort erwartete, und ob ich Arbeit finden würde?

Mein Geld reichte gerade einmal für zwei Hotelübernachtungen, für eine Rückfahrkarte hatte ich nicht genug dabei, was nur eines bedeutete. Ich musste irgendeine Arbeit finden! Gott bat ich um Beistand, denn ich hatte mich auf eine Reise ohne Wiederkehr begeben.

Um fünf Uhr in der Früh sah ich Felder und Städte, an denen wir entlang fuhren, vor meinen Augen dahingleiten. Für einen Augenblick wurde ich flüchtig ihrer Schönheit gewahr, gleichzeitig aber auch dessen bewusst, dass ich für diese Herrlichkeit kein Gespür mehr hatte, sie gar fast nicht mehr wahrnahm, denn ich war zu sehr mit anderen Dingen beschäftigt.

Wohin führte mich dieses Leben? Wohin gelangte ich, und würde ich mich dort zurechtfinden?

Um sieben Uhr morgens traf ich in Bolzen, meinem Bestimmungsort, ein und stand vor meinem Neuanfang.

Beim Verlassen des Zuges erblickte ich als erstes die Berge, die mir unendlich hoch, kahl und schroff erschienen. Drohend wölbten sie sich über der Stadt, dabei den Himmel verdeckend. Ich hatte den Eindruck, sie würden jeden Augenblick niederstürzen und die Stadt samt Menschen unter sich zermalmen, die umschlossen und gefangen waren in deren festen Umklammerung. Mir blieb die Luft weg und ich fürchtete mich vor ihrem Anblick, denn ich dachte, dass sie mich mit einem Male ersticken würden.

Bermüdet von einer durchwachten Nacht konnte ich nur mit Mühe den schweren Koffer aus dem Zug hinaushieven. Mit meinen letzten, noch verbliebenen Quäntchen Kraft schleppte ich ihn, während er auf dem Bahnsteig immer wieder hängenblieb und aufhüpfte, hinter mir her bis die Räder abfielen. Schließlich blieb ich neben einem Mülleimer stehen und öffnete den Koffer, um ihn etwas von seiner Last zu entledigen. Da er mir zu schwer wurde und ich ihn nicht mehr tragen konnte, nahm ich die Hälfte heraus und warf sie weg.

Daraufhin setzte ich mich auf eine Bank und begann bitter-
lich zu weinen, weinte immerfort bis ich den ganzen Schmerz,
der mich zu ersticken drohte, aus meiner Seele herausgeheult
hatte. Die Menschen gingen an mir vorbei und sahen mich
verwundert an, doch keiner machte Anstalten, mich zu fragen, weshalb ich weinte. Mir aber ging es schlecht, miserabel,
da mich ein Gefühl der Einsamkeit, Trauer, Kümmernis und
Angst verzehrte, mutterseelenallein in einer fremden Stadt,
einem fremden Land, ohne Geld und Arbeit zu sein. Dieses Gefühl lässt sich nicht beschreiben und nur jemand, der so etwas
an der eigenen Haut erlebt hat, kann das verstehen.

Ich fragte mich, welchen Sinn solch ein Leben überhaupt
hatte? Am liebsten hätte ich meine Augen geschlossen und
wäre entschlummert. Dann jedoch erinnerte ich mich daran,
dass ich nicht allein bin und Kinder habe, für die ich stark sein
und um derentwillen ich es schaffen musste. *Ich muss und ich
werde es schaffen!* - trichterte ich mir ein. Meinen halbleeren
Koffer zog ich durch die Straßen der Stadt hinter mir her auf
der Suche nach einem möglichst günstigen Hotel und nachdem ich es gefunden hatte, ließ ich meine Sachen dort liegen
und machte mich, so erschöpft wie ich war, auf die Suche nach
Arbeit.

Niemand wollte mich haben, da es noch zu früh für eine Sai-
sonarbeit war, denn diese begann erst in einem Monat. Und
was sollte ich in der Zwischenzeit tun? - fragte ich mich. Wohin
mit mir? Das Geld reichte nur noch für einen Tag, und was
dann?

Ich ging zur Rezeption, wo ich an der Theke einen älteren,
gutmütigen Mann antraf, dem ich unter Tränen mein Leid
ausschüttete, sogar, dass ich nicht einmal mehr Geld für die
Rückfahrt hätte und um alles in der Welt eine Arbeit finden
müsste. Er gab mir den Rat, die Tageszeitung *Die Dolomiten* zu
kaufen und die Kleinanzeigen durchzuforsten, was ich auch
tat.

Einzig in Meran war eine Arbeitsstelle ausgeschrieben und
ich fragte mich, wo zum Teufel nun dieses Meran steckte?! Es
war eine Stadt im äußersten Norden Italiens, in den Hochal-

pen gelegen, die zur Region Trentino-Südtirol gehörte. Damals wusste ich rein gar nichts über diese Stadt, weder, dass durch sie der Oberlauf des Flusses Etsch fließt, noch dass in ihr Prinz Petar Petrovic, der Sohn des montenegrinischen Königs, Nikola Petrovic, verstorben ist und dort begraben liegt.

Es war für mich zu diesem Zeitpunkt nur eine fremde, unbekannte Stadt, in der mir, zum wer weiß wievielten Mal - alles fremdartig erschien. Irgendwie fand ich das Hotel, dass über die Anzeige in den *Dolomiten* nach einer Aushilfe gesucht hatte und stand der Eigentümerin gegenüber, die die schiere Verkörperung der Hexe aus Hänsel und Gretel darstellte.

Sie hatte schmale Lippen, eine Hakennase und mit ihren seltsam gewölbten Augenbrauen musterte sie mich als käme ich von einem anderen Stern. Sie wollte mich abwimmeln unter der Ausrede, dass es zu früh sei und die Saison noch nicht begonnen hätte, und sie immer noch keinen Bedarf für eine Neueinstellung habe, aus Mangel an Arbeit.

Nachdem sie mich eine Weile sorgsam betrachtet hatte, sagte sie mir, ich könne unter der Bedingung bleiben, die Wohnung ihres Sohnes jeden Donnerstag sauber zu machen. Natürlich willigte ich ein. Mich beflügelte mein Versprechen, wirklich alles zu tun, egal wo, egal was, einzig wichtig war, zu arbeiten und dabei etwas Geld zu verdienen, eine andere Möglichkeit bestand nicht. Mein Schuppen in Serbien war im Vergleich zu diesem Zimmerchen, in dem ich wohnen durfte, eine Luxusvilla. Es war ein kleiner Raum, drei mal drei Meter. Wenn ich den Raum lüften wollte, musste ich das kleine Fensterchen von den Angeln nehmen und auf den Boden legen. So kam es zuweilen vor, dass bei einem plötzlichen Windstoß, alles im Zimmer durch die Luft wirbelte.

Das Bett war alt und klapprig, mit Latten versehen, die in bestimmten Abständen gereiht, eine zerlumpte Matratze hielten. Diese waren zu kurz geschnitten und berührten kaum den Bettrahmen, so dass ich, wenn ich mich voreilig und etwas grob darauf setzte, jedes Mal zu Boden fiel. Dieses Kämmerlein und diese Unterkunft wirkten erniedrigend und ich fragte mich, wie derart vermögende Leute, sich erlauben konnten, ihrem Personal eine so erbärmlich Bleibe zu bieten.

Auch sonst war meine Lage als Angestellte bei dieser Frau im Hotel unter jeglicher Menschenwürde. Ich arbeitete, wie unser Volk sagen würde *vom Morgengrauen bis zum Sonnenuntergang*, alles erdenkliche, oder wie die Italiener sagen würden *tuto fare*, - sozusagen war ich *ein Laufbursche für alles.* Ich richtete und reinigte die Zimmer, wusch und bügelte, verteilte Frühstück, Mittag- sowie Abendessen, und schleppte die schweren Mülltonnen auf die Straße, so dass ich abends halbtot zu Bett fiel und von Tag zu Tag immer mehr abmagerte. Nach vier Monaten Arbeit in diesem Hotel hatte ich zehn Kilogramm an Gewicht verloren.

Immer öfters plagten mich Kopfschmerzen, hatte ich Muskelkrämpfe, insbesondere in den Beinen. Wegen Schwindel- und Ohnmachtsanfällen, die mich immer häufiger peinigten, stürzte ich im Treppenhaus und landete mit der Diagnose *schwere Dehydrierung* im Krankenhaus. Es wurde angenommen, dass die Ursache in Überanstrengung, ungenügender Flüssigkeitszufuhr, einer elktrolyt- und natriumarmen Ernährung, wie auch übermäßigem Schwitzen lag, was auch alles stimmte. Meine Wirtin zählte jeden Bissen von mir, nicht einmal ausreichend Wasser durfte ich trinken, denn sie sagte immer, ich sei wie ein Schwamm, der Wasser einsöge und ich sie nur schädigte, da ich mehr tränke als für sie einbrächte.

Donnerstags ging ich zu ihrem Sohn, der einem retardierten Schwachkopf ähnelte und mit einer Chinesin verheiratet war. Mein Lebtag lang habe ich derart dreckige Leute nicht gesehen. Ihre Toilette war auch an den Wandfließen mit Fäkalien beschmiert, die ich jedes Mal säubern musste. Ihr Töchterchen genoss es, diese mit ihren Fingerchen an der Wand zu verstreichen, was ihre Eltern nicht störte. Sie warteten auf mich, damit ich es wegwischte.

Ich erduldete alles und schwieg, nur um endlich zu etwas Geld zu kommen, damit ich zu guter Letzt mit der Rückzahlung meines Kredites beginnen konnte. Als ich mein erstes Gehalt erhielt, war ich überglücklich und überwältigt vor Freude! Meinen Kindern schickte ich genug Geld, dass sie den folgenden Monat bequem überleben konnten, und schaffte es, davon etwas auch beiseite zu legen.

Sofort ging ich zur Sparkasse und erzählte dem Bankdi-
rektor, meine Probleme betreffend, die Wahrheit. Ich erklärte
ihm, dass mein Haus zwangsversteigert werden würde, wenn
ich die Schulden nicht termingerecht abbezahlte. Er schaute
mich mitleidvoll an und gewährte mir einen Kredit ohne Bür-
gen, was unüblich war. Denn sowohl damals als auch heute,
musste man ohne unbefristetes Arbeitsverhältnis einen Ga-
ranten haben, doch er hatte mir einen Kredit ohne diese Vor-
aussetzung ermöglicht.

Selbstverständlich habe ich diesen Kredit, Rate um Rate,
wie vereinbart, zurückgezahlt. Jenes Gefühl der Dankbarkeit,
dass ich gegenüber diesem Mann und Geldinstitut empfunden
habe, trage ich immer noch in mir. Deshalb ist besagte Bank
auch heute noch meine Hausbank und all meine Geschäfte wi-
ckele ich ausschließlich über sie ab. Für mich bleibt sie für alle
Zeiten die beste Bank der Welt!

Zwischenzeitlich fand ich mich auch bei der Arbeit besser
zurecht, da ich viel dazugelernt und mich leichter organisie-
ren konnte, und auch die Gäste mochten mich und ließen mir
regelmäßig Trinkgeld zurück. Für Zarko fand ich ebenfalls
einen Job bei einem Maler auf einer Baustelle. Ich hatte ihm
das Geld für die Fahrt geschickt, ihm ein Zimmer mi t Bad gefunden und die Miete für einen Monat im Voraus bezahlt, da
er mit mir in meinem kleinen und elendigen Kämmerlein im
Hotel von meiner Chefin nicht wohnen konnte.

Er reiste an und nahm sofort seine Arbeit auf. Jeden Tag ging
er an meinem Hotel, in dem ich arbeitete und wohnte, vorüber
ohne mich jemals zu besuchen, was mich irritierte, nicht deshalb, weil ich seiner Aufmerksamkeit bedurfte, sondern weil
mir nicht in den Kopf gehen wollte, was wir beide überhaupt
noch zusammen suchten, wenn wir aneinander nicht einmal mehr in einem rein menschlichen Verhältnis Interesse
zeigten.

Die räumliche Trennung von ihm hatte mir genug Zeit gelassen, über uns beide nachzudenken. In gewissem Maße bedauerte ich, dass wir unser gemeinsames Glück nicht gefunden haben, noch einen Weg, uns näherzukommen und zusam-

menzuleben, wie es sich gehört hätte. Obwohl wir schon lange nicht wie ein richtiges Ehepaar gelebt haben, verbanden uns immer noch unsere gemeinsamen Kinder, wie auch die zusammen verbrachten Jahre. Ich hegte die Hoffnung, wenn wir nun schon einmal hier in diesem Land waren, in dem es uns eines Tages gut gehen könnte, wir es mit gemeinsamen Kräften schaffen würden, etwas Geld zu verdienen und ein anständiges Leben zu führen, was natürlich etwas Zeit in Anspruch nähme. Ein Herzenswunsch von mir war, eines Tages auch die Kinder nach Italien zu holen.

Trotz verzwickter Lage, erlaubte ich mir solche Gedankengänge. Ich hatte alle mir selbst gegebenen Versprechen vergessen und erneut zu wagen gehofft, dass es noch einen Versuch wert wäre, mit ihm zusammenzuleben. Er jedoch gab mir deutlich zur Kenntnis, nicht gleicher Meinung zu sein, da ihn so etwas herzlich wenig interessierte.

Er verputzte die Fassade an einem Haus in der Nähe des Hotels, wo ich arbeitete. Dienstags, wenn ich frei hatte, wartete ich vor dem Gebäude auf ihn, um zumindest ein wenig Zeit miteinander zu verbringen, nachdem er mit seiner Arbeit fertig war. Er kam immer mit überfüllten Einkaufstüten Nahrung, und ich half ihm dabei, diese in seine Wohnung zu tragen. Nie kam er auf die Idee, mir etwas anzubieten, geschweige denn zu kaufen, nicht einmal ein Bonbon. Niemals - rein gar nichts. Er ist und blieb ein Egoist, für den nur das eigene Wohlergehen zählte.

Immer wenn wir gemeinsam sein Zimmer betraten, in dem ein großes Französisches Bett stand, fürchtete er sich auch nur einen Blick darauf zu werfen. Sofort würde er mich auf die Terrasse hinausschicken, wo wir auf die Schnelle einen Kaffee, den er zubereitete, tranken und danach fast im Laufschritt die Wohnung verließen. Womöglich hatte er Angst, dass ich mit ihm Liebe machen wollte.

Zugegebenermaßen gab es Augenblicke, in denen ich mir ersehnte, ihm käme so etwas in den Sinn und es geschähe tatsächlich. Doch, weit gefehlt, dies blieben nur meine vergeblichen Hirngespinste. Mein junger Körper konnte immer noch leicht entfachen, übermannt von den brodelnden Gefühlen im Feuer der Leidenschaft. Aber, was nutzte es mir?

Ich spielte heimlich mit dem Gedanken, dass er zumindest hier in Italien, versuchen würde, all das, was zwischen uns vollkommen erlahmt war, wieder zum Leben zu erwecken.

Zehn lange Jahre waren verstrichen, seit wir uns zuletzt geliebt hatten. Was zu viel ist - ist zu viel, doch offensichtlich wollte er es nicht.

Er betrachtete mich als wäre ich sein Kumpel und nicht seine Frau. Wenn wir spazieren gingen, hängte ich mich bei ihm ein und von außen betrachtet, hatte man den Eindruck, wir wären ein ganz normales, glückliches Paar. Wenn sie nur wüssten. Das Lügengeflecht, in dem ich gefangen war, und dieses Gefühl der Leere erdrückten mich. Wie lange sollte ich mich selbst und alle anderen anschwindeln.

Monate vergingen und in mir wuchs der Wunsch nach Liebe und Zärtlichkeit mehr und mehr. Meran ist eine pittoreske Stadt, in der das Verlangen nach Leben und Liebe nur so sprießte, ein Ort mit prachtvollen Häusern, Terrassen voller Blumen, Palmen und schneebedeckten Bergen, weit bekannt wegen seiner Weinberge und Weine, seiner Obstgärten, insbesondere seiner gleichnamigen Apfelsorte. Des Weiteren seiner herrlichen Flusspromenade wegen, des Steinernen Stegs, der Stadtpforte ... Ein Paradies auf Erden!

Im Hotel konnte ich alltäglich die Gäste, jung wie alt, beobachten, die sich liebhatten, miteinander fürsorglich umgingen und beneidete sie darum. Sie hatten im Leben das erreicht, wonach ich mich seit jeher verzehrte. Und ich war einsam, wie ein einsamer Wolf, ohne Mann, der mich liebte und ohne meine Kinder, die mir am meisten fehlten.

Meine Sehnsucht nach ihnen war so gewaltig, dass ich dachte, vor lauter Sorge meinen Verstand zu verlieren. *Wenn ich eine passende Wohnung fände, überlegte ich mir, in der wir alle zusammen leben könnten, wäre wahrscheinlich alles anders. Eventuell könnten mein Mann und ich wieder zueinander finden und womöglich wieder eine Familie sein.*

Jeden Tag durchstöberte ich die Annoncen in den Zeitungen, in der Hoffnung, eine entsprechende Wohnung zu finden, in der ich zunächst mit Zarko einziehen würde, um später die Kinder nachzuholen.

Schließlich fand ich eine Zwei-Zimmer-Wohnung und bald darauf waren Zarko und ich schon eingezogen. Wir kauften alles, was notwendig war und richteten sie so ein, dass man darin behaglich wohnen konnte. Endlich hatte ich meinen Schlupfwinkel gefunden, im Gegensatz zu der erbärmlichen Hotelstube.

Auch durch den Einzug in die gemeinsame Wohnung hat sich zwischen Zarko und mir nichts geändert, weiterhin herrschte dieselbe Gleichgültigkeit und Kühle. Ich strengte mich zumindest an, diese unangenehme Situation zu lindern, indem ich versuchte, unser Verhältnis zu glätten, etwas Wärme in unsere gescheiterte Ehe einzubringen, was mir jedoch nicht von der Hand ging. Mein ganzes Bestreben endete schlichtweg an einer unüberwindbaren Mauer.

All dies kam mich teuer zu stehen. Meine innere Ruhe und mein seelisches Gleichgewicht gerieten vollkommen aus den Fugen. Ich war nicht mehr Herrin meiner aufgewühlten Gefühle und kam mir vor wie eine mit Styroporkügelchen gefüllte Stoffpuppe, außen hübsch, mit aufgemalten großen Augen und Lächeln im Gesicht, mit Rüschen verziert, und aus der, wenn man sie aufnähte, die Styroporkügelchen in alle Richtungen zerstiebten und von ihr nur ein einfacher, wertloser Fetzen Stoff übrigbliebe.

Zarko versuchte nur vor anderen Leuten das Trugbild aufrechtzuerhalten, dass wir uns gut verständen und zwischen uns alles in bester Ordnung wäre. Wenn er mich im Beisein unserer Bekannten umarmte, kostete es mich viel Überwindung, seine Hand nicht abzuschütteln. In solchen Augenblicken widerte er mich am heftigsten an, denn vor anderen nahm er mich in die Arme, und daheim war ich für ihn wie Luft.

Wann immer ich das Gespräch auf unsere widernatürliche Beziehung lenken wollte, bekam ich immer ein und dieselbe Antwort.

"Wenn es dir so nicht passt, dann such dir doch einen anderen. Niemand hindert dich daran! Mir ist nicht danach. Geh doch, hure herum, komm darauf aber nach Hause zurück."

Ich hörte wohl nicht recht! Ihm war es vollkommen einerlei. Ich fühlte mich so elendig, billig und erniedrigt. Er rief in mir immer das Gefühl hervor, minder wert zu sein, dass ich nichts taugte, als wäre ich die miserabelste und hässlichste Frau schlechthin! Die Erkenntnis verfolgte mich, dass ich in ihm als Frau nicht das geringste Interesse wecken konnte und ich fragte mich, mit wem ich wohl so viele Jahre vergeudet habe!

Und dann eines Tages stellte ich mich vor den Spiegel und schaute mich prüfend an. Lange betrachtete ich die Frauengestalt, die mir aus dem Spiegel entgegenblickte. Je länger ich sie betrachtete, umso zufriedener war ich mit dem, was ich sehen konnte. Ich lächelte sie an und sagte zu ihr:

"Wohlan Mädchen, was fehlt dir denn? Du hast doch beide Hände, beide Füße, Augen, bist hübsch, immer noch relativ jung, von schöner Statur, und hältst dich für dein Alter ausgezeichnet. Nur im Kopf bist du krank, da du diesem Idioten erlaubt hast, dich so lange an der Nase herumzuführen!"

An diesem Tag nahm ich mir fest vor, dass ich mich schnellstens auf die Suche nach einem Anderen begeben und ihn sicherlich auch finden werde. Dieser Gedanke ging mir nicht mehr aus dem Sinn. Ich wiederholte mir fortwährend:

"Ich möchte einen Mann fürs Leben, und nicht nur für eine Nacht, und er muss Deutscher sein! Ein Serbe kommt nie mehr in Frage! Zarko hat mir diese für immer verleidet."

So hoffte ich, der Tag würde kommen, an dem ich meinem Traummann begegnete.

Ich begann in einem Restaurant zu arbeiten, wo ich mit vielen Menschen in Berührung kam und mich so von etwas überzeugen konnte, was ich bereits wusste - dass die Deutschen großartige Menschen seien. Beim Servieren der Gerichte begegnete ich täglich vielen Paaren. Es war für mich eine Heidenfreude, mitanzusehen, welch vortreffliche Ehemänner sie ihren Frauen abgaben. Ich wollte auch so einen Mann! Meine

Entscheidung stand fest - wenn ich jemals wieder heiraten sollte, dann nur einen Deutschen und keinen sonst! Das Problem jedoch bestand darin, wie einen solchen Partner finden? Ich arbeitete Tag und Nacht und mir bot sich so gut wie keine Gelegenheit dazu. Das Restaurant, in dem ich bediente, war keinesfalls der richtige Ort, um eine derartige Auswahl zu treffen. Eine Diskothek oder ein Tanzlokal wären der richtige Ort dafür, ich jedoch hatte weder Lust noch Zeit dorthin zu gehen, denn abends, wenn ich todmüde von der Arbeit nach Hause kehrte, fiel ich wie ein Klotz ins Bett, sodass mir solche Dinge gar nicht in den Sinn kamen.

* * * * *

Meine durch schwere Arbeit hervorgerufene Übermüdung und eine Art Gleichgültigkeit, die sich in mir breitmachte, da ich schon *abgestumpft* war gegenüber den mich jahrelang quälenden Problemen, führten dazu, dass ich schlussendlich schlafen konnte. Dennoch wälzte ich mich in dieser Nacht aus mir unbekanntem Grund unruhig ihm Bett. Vollkommen zerschlagen und lustlos, mit einem sonderbaren Gefühl im Inneren - dass mir etwas Neues zustoßen würde - bin ich aufgestanden.

Ich kam mir albern vor, denn ich konnte mir nicht vorstellen, was in meinem Leben, in dem jeder Tag dem vorausgehenden glich, vorfallen könnte, außer weiterhin Gäste zu bedienen und schwere Teller zu tragen, die mit jedem Tag schwerer erschienen, so dass ich den Eindruck hatte, meine Arme wollten mir fast abfallen. Die Chefin beobachtete, wie ich von einem Tisch zum nächsten eilte, war dennoch nie gänzlich zufrieden. Ich hatte den Eindruck, sie wäre nur glücklich, wenn ich Flügel bekäme und umherflöge, nur so wäre ich schnell und rentabel genug für sie.

Es war vorgeschrieben, jeden Gast während dem Bedienen freundlich anzulächeln, aber an jenem Tag war mein Lächeln irgendwie sauer und gekünstelt. Ich hatte niemals die Angewohnheit, mich in die Gesichtszüge der Gäste, die an den Tischen saßen, zu vertiefen. Zumeist setzte ich *das Bestellte* vor sie, lächelte sie an, sagte - bitte sehr und setzte meine Arbeit fort, und vergaß deren Gesichter zugleich.

Auch an diesem Tag drehte ich wie festgefahren meine Runden um die Tische und ging meiner Beschäftigung nach.

"Guten Appetit" - sagte ich und lächelte den Gast an, der allein am Tisch saß, und setzte ihm eine große Tasse und einen Teller mit zwei riesigen belegten Broten vor.

Und dann habe ich doch entgegen meiner Gewohnheit, mir den Mann, der vor mir saß, genauer angeschaut. Ich erblickte zwei Augen, die mich unter vollen buschigen Augenbrauen durchdringend ansahen und deren Blick mir durch Mark und Bein ging. *Heilige Mutter! Welch Hüne! Wie groß und stark seine Hände nur sind!* - dachte ich und erstarrte.

Ein imposanter Mann mit kräftigen Händen im Blaumann... - kam mir gleich in den Sinn. *Genau so, wie es mir meine Nachbarin beim Kaffeeplausch vor langer Zeit aus den Karten prophezeit hatte.*

Ich neigte nicht dazu, solchen Dingen allzu großen Glauben zu schenken, aber sie hatte mir schon Einiges vorausgesagt, was sich bereits erfüllt hatte. Dennoch möchte ein Mensch, der auf die Verwirklichung seines innigsten Wunsches, der sich einfach nicht erfüllen will, wartet, jeder Andeutung Glauben schenken, die ihm Hoffnung gibt.

"Du wirst einem stattlichen Mann in Arbeitsanzug begegnen, und er wird deine große Liebe werden!" - fuhren ihre Worte wie ein Blitz durch meinen Kopf. - *Unmöglich, dass dies gerade eben eingetroffen ist!* - erschrak ich.

Abrupt machte ich kehrt, mit dem Wunsch so schnell wie möglich davonzurennen. "Warten Sie doch, bitte! Ich beiße ja nicht!" - ergriff er mit seiner tiefen, männlichen Stimme das Wort.

Ich blieb wie angewurzelt stehen, schwieg und starrte ihn wie hypnotisiert an.

"Wie wäre es, wenn wir uns einmal treffen würden, um ein paar Worte miteinander zu wechseln. Morgen warte ich um vier auf Sie, nachdem Sie mit der Arbeit fertig sind..." - und legte einen Schein auf den Tisch, der *fettes* Trinkgeld miteinschloss.

Er warf mir ein Lächeln zu, drehte sich herum und lief mit großen Schritten zum Ausgang. Ich folgte ihm mit den Augen während er hinauslief. Er setzte sich in seinen riesigen *Kombi* und fuhr davon.

Verwirrt schaute ich auf das unangetastete Essen und den Kaffee, der noch auf seinem Tisch dampfte. Meine Gefühle gerieten in Wallung und das ganze erschreckte mich. Dann begann es mich langsam zu verfolgen - Kommt er morgen in der Tat?

Irgendwo in der Tiefe meiner Seele spürte ich, dass dies *mein besagter Mann* werden würde! Gleichzeitig fürchtete ich mich vor dem Unbekannten, das mich erwarten könnte, wenn ich mich in all dies einließe. Auf der einen Seite stand Zarko, der, obwohl wir außer den Kindern nichts Gemeinsames mehr hatten, für alle und auch für mich immer noch mein Mann war, auf der anderen Seite er, ein vollkommen unbekannter Mann, von dem ich rein gar nichts wusste. Ich machte mir Sorgen, was bei alledem, worin ich mich vorfand, herauskommen könnte, obwohl ich mich seltsamerweise auch freute, weil das Glücksgefühl die Angst übertraf, denn instinktiv spürte ich, dass mir das Glück endlich hold war und in seine Arme einschloss! Wohlige Wärme breitete sich aus und ich dachte, ich hübe ab. Alles fiel mir auf einmal leichter und erschien mir schöner, sogar die Sonne strahlte gleißender und auch der Himmel wirkte heiterer. Meine Seele war erfüllt und zufrieden.

Auch mir standen endlich glücklichere und bessere Tage bevor, dass nämlich dieser Mann mir beschieden war, mir allein! Ich wusste weder, wer er ist noch was er machte. Nur eines wusste ich sicher, dass er strahlende Augen hatte, obgleich er mir mit ihnen einen strengen Blick zugeworfen hat. Und obendrein war er Deutscher, und eben einen Deutschen wollte ich haben.

Der Rest des Tages dehnte sich ins Unendliche. Ich war aufgeregt, wie ein Backfisch, der sich auf sein erstes Date freute. Gleichzeitig war ich aber auch eine formal verheiratete, jedoch rechtmäßig geschiedene Frau, obendrein auch noch Mutter zweier erwachsener Söhne.

Auf einmal überkamen mich trübsinnige Gedanken. Ich schämte mich meiner selbst und fing an, mir Vorwürfe zu machen - ob ich denn noch normal sei, was mir da überhaupt durch den Kopf ginge? Welch Pläne hatte ich im Sinn? Wie konnte ich derlei Gefühle bloß zulassen? Schämen sollte ich mich!

Dann wiederum, warum auch nicht? Auch ich habe wie alle Menschen ein Anrecht auf Liebe! Vor großer Aufregung und Angst konnte ich die ganze Nacht hindurch kein Auge schließen. Ich bangte, dass ich mir das alles nur eingebildet hätte, er mich vielleicht angelogen habe, nicht auftauchen und ich ihn nie wieder sehen würde.

Doch am nächsten Tag wartete er zur vereinbarten Stunde vor dem Restaurant auf mich. Wortlos gesellte ich mich zu ihm, und er schlug vor, einen Spaziergang zu machen und später irgendwo einen Kaffee zu trinken. Während wir nebeneinander herliefen, sprach er allein, wobei ich nur mit dem Kopf nickte, wie eine Holzpuppe mit aufgemaltem Mund. Mir hatte es die Sprache verschlagen. Ich wusste nicht, was ich überhaupt sagen sollte.

Seine Blicke durchdrangen mich wie Röntgenstrahlen, und seine Augen scannten und analysierten mich bis ins Innerste, bis zum Grund meiner Seele! Ich erschrak - Mein Gott, was wird *dieser Mann wohl von mir denken, wenn ich ihm meine "tolle" Vergangenheit gebeichtet habe? Wahrscheinlich wird er mir den Rücken kehren und weggehen...*

Ich fragte mich - welche Meinung er von mir haben würde, wenn ich ihm erzählte, dass ich geschieden sei - dennoch mit meinem Ex zusammenlebte, zwei Söhne habe, die ich mehr als mich selbst liebte, und auch eine Hypothek aufs Haus, die auf den Namen meines ehemaligen Gatten lief, ich aber abbezahlen musste, da sonst meine Söhne auf der Straße landen würden. Sollte ich ihm all das sagen oder nicht?

Während ich darüber nachdachte, überhörte ich seinen Wunsch, ihm etwas über mich zu erzählen. Als hätte er meine Gedanken erraten, wollte er es mir leichter machen:

"Damit du weißt, ich bin geschieden, habe fünf erwachsene

Kinder, allesamt volljährig, die alle ihr eigenes Leben führen, so dass ich ziemlich einsam bin. Lange habe ich darauf gewartet, einer Frau wie dir zu begegnen, und nun bist du zu mir gekommen. Ich möchte jemanden an meiner Seite haben, der mich liebt und den ich lieben kann. Nun, erzähl du etwas über dich!"

Er nahm meine klammen Finger in seine großen warmen Hände, deren Wärme sich durch sie hindurch ausbreitete und meinen Körper mit neuer Lebenskraft erfüllte! Nie zuvor habe ich ein derartiges Gefühl vernommen, nicht nur Wärme, sondern Innigkeit, Geborgenheit und Frieden...

Im gleichen Augenblick kam es mir vor, als kannte ich ihn mein ganzes Leben. Er hatte auf mich gewartet, und ich habe ihn gesucht und gefunden! Meinen Josef! Alle Hemmungen, die mich gebremst hatten, lösten sich auf einmal, und ich begann schließlich, ihm meine Geschichte zu erzählen. Innerhalb von einer halben Stunde habe ich ihm mein Herz ausgeschüttet, wodurch eine große Last von mir abfiel, und tief in mir wusste ich, dass er mich nicht von sich stoßen und Verständnis für mich aufzeigen würde.

Schweigend hörte er mir zu und als ich mit meiner Beichte fertig war, umarmte er mich nur und sagte:

"Nun bin ich ja da!"

Das bedeutete mir mehr als jegliche Liebeserklärung und jedwedes Versprechen. Ich fühlte, dass ich ihn über alles lieben, wie auch selbst wiedergeliebt und beschützt sein werde und somit auch meine Kinder geborgen sein würden, als auch, dass wir uns alle ganz und gar auf ihn verlassen werden können, auf meinen Josef.

Nach zwei Tagen landeten wir im Bett und ich bereute es mitnichten, denn ich erlebte endlich das, was ich in meinen Träumereien immer gesucht und über das ich seit frühester Jugend in Romanen gelesen habe.

Andererseits hatte ich Zarko gegenüber Gewissensbisse und gleichzeitig auch Angst vor ihm, denn ich fürchtete mich, wie er reagieren würde, wenn ich ihm gestanden haben werde, dass ich in der Tat einen anderen Mann gefunden und liebgewonnen habe. Er hatte mich immer dazu aufgemuntert, einen anderen zu suchen, dass das mein Recht sei, aber dennoch hatte ich ein mulmiges Gefühl, da man nie wissen konnte, was in seinem Kopf vor sich ging. Abgesehen von seiner Äußerung, dass wir nie ein *richtiges Ehepaar* gewesen sind, meinte er dennoch, Anrecht auf mich zu haben als wäre ich sein persönliches Eigentum. Obwohl wir formal geschieden waren, haben wir nie räumlich getrennt gelebt, denn wir teilten immer dieselbe Wohnung und hatten gemeinsame Kinder.

Ich traute mich nicht, ihm die Wahrheit zu offenbaren, so dass ich ihm nur sagte, übers Wochenende das Haus von jemandem auswärts putzen zu müssen, dass da viel Arbeit auf mich wartete und ich wahrscheinlich dort auch übernachten müsste. Diese Nachricht nahm er vollkommen ruhig auf. Er wollte lediglich das Geld von dieser Beschäftigung haben.

Ich konnte meinen Ohren nicht trauen! Einzig wichtig war, dass ich ihm dieses Geld aushändigte und sonst nichts! Mir war zumute als wäre ich eine gemeine Hure, die sich zu ihrer *Schicht* aufgemacht hatte, um Geld für ihren Zuhältergatten anschaffen zu gehen. Und ich, dumme Gans, bemitleidete ihn auch noch!

Dasselbe Theater wiederholte sich und setzte sich die nächsten zwei Monate fort. Jedes Wochenende verbrachte ich mit meinem Josef, durchlebte die schönsten Augenblicke meines Lebens und fühlte mich an seiner Seite wie eine Prinzessin. Meinen Kindern sandte ich sofort das Geld, das er mir extra zusteckte, und für Zarko legte ich regelmäßig das Geld zurück *für die drei Stunden Arbeit*, wie er gern zu sagen pflegte.

In der Zwischenzeit rückte der letzte Zahlungstermin für die Haushypothek in Serbien beängstigend näher. Wir hatten schon eine ansehnliche Summe angespart, aber es fehlten immer noch drei Tausend DM. Mehr verdienen als bisher konnte ich auf keine Art und Weise. Zarko bemühte sich nicht einmal, denn das interessierte ihn nicht. Seine Antwort auf all meine Fragen, was wir machen sollten, lautete stets:

"Frag doch deinen Geliebten! Ich hab kein Geld mehr! Und wenn das Haus unter den Hammer kommt, trägst du die

Schuld, damit habe ich nichts zu tun." Er benahm sich wie ein Idiot! Ich hasste und verachtete ihn zugleich.

Darüber musste ich mit Josef reden, denn er war meine letzte Hoffnung, die mir blieb. Dass er Geld hatte, wusste ich, aber ich schämte mich, ihn darum zu bitten, doch am Ende blieb mir keine andere Wahl. Am Abend ging ich zu ihm und erzählte ihm die Wahrheit, nämlich, dass mir noch so und so viel Geld fehlte, um die Hypothek zu bezahlen, sonst würde ich das Haus verlieren. Er sah mich nur traurig an und schwieg.

Ich wollte vor Scham im Boden versinken. Wir kannten uns seit knapp zwei Monaten und ich wollte ihn schon um Geld bitten. Im Kopf hatte ich mir schon eine ganze Geschichte ausgemalt: Was er wohl *nach alledem von mir denken würde? Was sonst, als dass ich eine jener "Ausländerinnen" sei, die alles täten, um an Geld zu kommen?!*

Mit Augen, in denen sich schon Tränen angesammelt hatten, schaute ich zu, wie er vom Stuhl aufstand und zur Tür lief. Ich sah ihn diese bereits öffnen und sagen: *"Es tut mir leid, dass ich mich so sehr geirrt habe, du wärest die richtige Frau für mich. Dir ist nur wichtig, mir möglichst viel Geld aus der Tasche zu ziehen. Bitte, packe deine Sachen und verschwinde für immer aus meinem Leben..."*

Anstatt dessen ging er hinaus, lief ins andere Zimmer und kam mit einem Briefumschlag in der Hand zurück. Er setzte sich neben mich, nahm mich in seine Arme und sagte:

"Hier nimm, und bitte, sei nicht mehr traurig. Werde endlich auch diesen Kummer los."

Ich lehnte meinen Kopf an seine Brust. An diesem Abend weinte ich meinen ganzen Gram, meine Kümmernis und Trauer, die sich mein Leben lang angehäuft und meine Seele bedrückt hatten, aus. Nach all diesen Jahren der Verzweiflung spürte ich in seinen Armen schiere Erleichterung.

Es war endlich die Umarmung *meines Mannes*, des Mannes, der sich um mich kümmerte. Ich genoss dieses wonnige Gefühl, von dem ich mein ganzes Leben geträumt hatte und wünschte in diesem Augenblick, dass jede Frau dies spüren und haben mochte.

Dabei ging es nicht ums Geld, es war nebensächlich. Es handelte sich um ein Gefühl des Behütetseins und der Geborgenheit, das er mir schenkte, und dessen ich bisher entbehren musste. Damals war ich mir sicher, dass mir und meinen Kindern das Glück endlich zugeneigt sein würde und unsere Zukunft letztendlich abgesichert. Nun war mein Josef da, mein Josef – welch Wohlklang für meine Ohren.

* * * * *

Das Geld brachte ich Zarko, und er nahm es wie selbstverständlich an, als wäre es das normalste der Welt, dass ihm seine Frau Geld vom Liebhaber mitbrächte, so dass er nach Hause fahren konnte, um die Hypothek von unserem gemeinsam erworbenen Eigentum abzulösen.

Noch zwei Jahre zuvor hatten wir eine Hypothekarschuld in Höhe von einhundertundzwanzig Tausend DM. Nach einem Gespräch mit dem Mann, der uns das Geld geliehen hatte, wurde diese auf dreißig Tausend herabgesetzt. Es hätte als normal erachtet werden sollen, dass mein Gatte, als Mann und Haupt des Hauses, als Beschützer seiner Familie, zu Drago, dem Zigeuner, gegangen wäre, um zu sehen, wie sich diese Schuld verringern ließe. Umso eher noch, weil das Gesetz auf unserer Seite stand, denn solche Wucherzinsen waren nie erlaubt. Aber, ich musste Drago aufsuchen...

Ich setzte mich ihm gegenüber und sagte ganz normal, vollkommen locker, da es keine andere Lösung gab:

"Hör zu, dass du auf das geliehene Geld so viele Tausender draufgeschlagen hast, wird dir das Gericht nicht durchgehen lassen, wie du sicherlich selbst weißt. Genauso gut ist dir wohl klar, dass wir dir dieses Geld unmöglich zurückzahlen können. Auch wenn du unser Haus abnimmst und es hinkriegst, dieses zu verkaufen, bekommst du nicht so viel. Über deinen Ruf bist du sicher auf dem Laufenden und darüber, dass alles, womit du dich beschäftigst, obwohl es dir großen Reichtum eingebracht hat, sich dir langsam in Schaden umkehrt. Ich bin hier, damit wir eine Vereinbarung treffen, diese Summe auf ein annehmbares Niveau herabzusetzen und um uns für die Rückzahlung eine vernünftige Frist einräumen zu lassen, denn in einer vertretbaren Zeitspanne gelänge es uns wahrscheinlich auch, etwas zu verdienen. Auf diesen Schuldbetrag setze ich meine Unterschrift und bürge auch dafür, dass das Haus dir gehört, falls wir es bis zur festgesetzten Frist nicht abbezahlten, dadurch wirst du zumindest etwas bekommen..."

Drago musterte mich die ganze Zeit über, lächelte verschmitzt und stimmte schließlich zu, natürlich unter gewissen zusätzlichen Bedingungen. So unterzeichneten wir die Vereinbarung, in der stand, dass ich mich dazu verpflichtete, ihm in festgelegter Frist, dreißig Tausend DM auszuzahlen, andernfalls gehörte ihm das Haus.

Mein damals immer noch rechtmäßiger Ehemann stellte sich niemals die Frage, wie ich derart hohe Schulden auf diese Summe herabsetzen konnte. Für ihn zählte einzig, dass der Betrag niedriger geworden ist. Und ich, ich empfand Ekel, ihm, wie auch mir selbst gegenüber.

Doch all das war nicht mehr wichtig! Hauptsache, das Haus war gerettet und meine Kinder würden weiterhin ihr Heim behalten dürfen und nicht vor die Tür gesetzt werden, was für mich einzig zählte.

An jenem Wochenende, an dem Zarko nach Serbien gefahren ist, war ich, wie auch die vorhergehenden, bei Josef. Zarko versuchte, mich in unserer Wohnung anzurufen, obwohl er allzu gut wusste, wo ich mich befand, und erreichte mich natürlich nicht.

Am nächsten Morgen, nachdem er zurückgekehrt war, fragte er mich, wo ich gewesen sei, als hätte er es nicht gewusst. Er tobte. Selbstverständlich sagte ich ihm die Wahrheit, dass ich bei Josef gewesen sei. Er zog mir zum allererten Mal dermaßen eine Ohrfeige über, dass ich zu Boden fiel und ohnmächtig wurde.

Wie lange ich so dagelegen habe, kann ich nicht sagen, aber das Erste, an das ich mich entsinnen konnte als ich wieder zu mir kam, waren seine vor Wut blutunterlaufenen Augen, einen Hauch von meinen entfernt, während er mit seinen Händen meinen Hals zudrückte.

"Ich bring dich um, du gottverdammte Hure!" - brüllte er, während er mir die Luft abschnürte. Ich dachte, ich müsste sterben, nicht vom starken Druck seiner Hände, sondern vor lauter Angst. War dies nun mein Ende, ging mir durch den Kopf. Wie durch einen Nebelschleier offenbarte sich mir das ganze Bild und mit übermenschlicher Kraft gelang es mir auf unerklärliche Weise, mich herauszuwinden. Ich floh ins Zimmer und verschanzte mich darin.

Er pochte an die Tür und drohte, diese zu durchbrechen, wenn ich ihm nicht öffnete. Am Schluss beruhigte er sich, und ich vernahm, wie er die Wohnung verließ. Langsam mit schlotternden Knien und angsterfüllt, er stünde vielleicht irgendwo hinter der Tür, rannte ich aus der Wohnung ins Freie und flüchtete, ohne zu wissen wohin.

Josef anzurufen, getraute ich mich nicht, da ich mich schämte, und außerdem befürchtete, dass er die Polizei rufen würde, was er mit Sicherheit auch getan hätte. Soweit durfte ich es schon allein der Kinder wegen nicht kommen lassen. Wie auch immer, dennoch war Zarko ihr Vater.

Am schlimmsten war, dass ich in solchen Augenblicken, Ausreden für ich suchte, anstatt für mich. Ich dachte, dass Zarko womöglich im Recht wäre und ich diese Strafe verdient hätte. Möglicherweise lag meine Mutter auch richtig als sie mir gesagt hatte, ich sollte bei ihm bleiben. Uns verbanden etliche Jahre Zusammenlebens und unsere Kinder. Vielleicht sollte ich so weiterleben, wie bisher. Dann würde ich ein Weilchen innehalten und mir die Frage stellen – wie lange sollte ich noch ohne Glück und Liebe weiterleben?

Mein Verstand sprach eine, das Herz jedoch eine andere Sprache - ich will und kann es nicht! Auch ich habe ein Anrecht auf Glück! Nun, da ich es endlich gefunden habe, lasse ich es mir von niemandem mehr wegnehmen, auch wenn ich dafür noch hunderte Male Prügel bekommen sollte!

Meine leere Tasche klammerte ich fest an mich, als würde sie mir Kraft verleihen. Ich hätte vor Scham im Boden versinken können, weil ich erlaubt habe, mich in solch erniedrigende Lage bringen zu lassen. Stets hatte ich Frauen bemitleidet, die von ihren Männern verprügelt wurden. Nun fand ich mich in selber demütigender Situation wieder und es fehlen die Worte, mit denen man dieses schreckliche Gefühl beschreiben könnte.

Ich beschloss zu meiner Bekannten, Vera, zu gehen. Sie war entsetzt als sie mich so zerzaust und aufgewühlt gesehen hatte. Ich kauerte mich in ihrem Sessel zusammen und winselte wie ein verletzter Welpe. Nicht die Schläge, die ich bekommen hatte, taten mir weh, sondern mich schmerzte, dass es so weit gekommen war, wie auch das Gefühl, allein dafür die Schuld zu tragen. Diese Empfindung, die mir meine Eltern eingetrichtert haben - dass ich immer an allem schuld sei - verfolgte mich weiterhin und ließ mir keine Ruhe.

"Du bist doch nicht normal! Dir hau ich auch noch ein paar über die Ohren!" - ärgerte sich Vera über mich - "Dieser Affe hat dich geschlagen, und da sagst du noch, dich träfe die Schuld?! Komm doch zu Sinnen! Kein Mensch der Welt verdient es, geschlagen zu werden, wenn ein Konflikt aufkommt und am wenigsten du, gegen die dein Vollidiot seine Hand erheben durfte!"

Sie tröstete mich und konnte mich zum Teil beruhigen. Bei ihr blieb ich einen Monat lang. Natürlich zahlte Josef ihr die Miete, da ich aus meiner Wohnung ohne einen einzigen Heller geflohen bin, nur um meine nackte Haut zu retten. Mir war keine Zeit geblieben, über Geld oder meine Sachen nachzudenken. Ich wollte nur wegrennen und mich vor weiteren Schlägen retten.

Zarko kam jeden Tag und heulte vor der Tür, da wir ihn nicht in die Wohnung hinein ließen. Er flehte mich an, zurückzukommen, versprach mir das Blaue vom Himmel. Ich wusste, dass es ihm leidtat, denn auf eine gewisse, sonderbare Art liebte er mich auch. Er konnte sich nicht damit abfinden, mich dieses Mal endgültig und für immer verloren zu haben.

Ich bedauerte ihn sogar als Menschen, mit dem ich so viele Jahre verlebt habe. Ihn traf keine Schuld, dass er so war und nicht derart lieben konnte, wie ein Mann eine Frau lieben sollte.

Alles was mich betrübte, vergaß ich in den Armen von Josef. Während er mich fest umklammerte und sprach, dass alles sich zum Guten wendete, wusste ich, es würde in der Tat auch so sein. Gott gegenüber war ich dankbar, weil ich ihn hatte und fragte mich, wie mein Leben ohne ihn verlaufen wäre, und wusste schon die Antwort. Wahrscheinlich bis zum Lebensende weiterhin genauso kläglich, ärmlich und nichtig, wie es vor unserer Begegnung gewesen ist.

Josef

Nach diesem Monat, den ich bei Vera verbracht habe, bin ich zu Josef gezogen, da er nicht mehr wollte, dass wir getrennt lebten. So begann unser gemeinsames Leben, wonnevoll, jedoch gespickt mit Anpassungen, beiderseitigen Kompromissen, aber auch Verständnis und vor allem Liebe. Unsere Liebesgeschichte hat zwei verschiedene Mentalitäten - die germanische und slawische - vereint, gleichzeitig aber auch zum unumgänglichen Zusammenstoß beider geführt, zweier unterschiedlichen Teile Europas - des einen, der für uns *Westen* und des anderen, der für sie *Balkan* war.

Und schlussendlich zweier starker Persönlichkeiten und verschiedenartigen erwachsenen Personen, wobei jede für sich die Bürde der eigenen schweren Vergangenheit auf ihren Schultern tragen musste und auf ihre spezifische Art verletzbar war.

Anfangs behagte es mir sehr und beeindruckte mich, nur *Frau* sein zu dürfen, beschützt, umsorgt, liebkost zu werden und zärtlich zu sein. Mit meinen Ex- Mann war ich alles, außer Frau. Ich musste mich um jegliches selber kümmern und durchkämpfen.

Plötzlich fand ich mich in einer Beziehung wieder, in der Josef die ganzen Entscheidungen traf. Mich fragte er zwar nach meiner Meinung, aber am Ende lief alles immer so ab, wie er es wollte, was mich ziemlich bald zu stören begann. Er gab nicht nach, da er es gewohnt war, dass stets alles so sein musste, wie er es bestimmte, und ich hatte mich daran gewöhnt, dass alles so lief, wie ich es wünschte.

Deswegen kam es zu Streitereien, die aber im Bett beigelegt wurden, wonach bei uns dann wieder alles in bester Ordnung war.

Später kam ein weiteres großes Problem zum Vorschein - meine Eifersucht. Früher wäre mir so etwas nicht einmal in den Sinn gekommen, geschweige denn, dass ich etwas Derartiges empfunden hätte. Und dann plötzlich, als allein der Gedanke lächerlich schien, eine Frau in ihren Vierzigern könne unter so etwas leiden, keimte Eifersucht in mir auf - und zwar - krankhafte Eifersucht- was allmählich zu Problemen in Josefs und meinem Verhältnis führte. Mein reiner Menschenverstand sagte mir, dass ich, falls ich so weitermachte, alles Schöne zwischen uns zerstören würde, doch mein Herz reagierte anders. Keine Frau durfte auch nur einen Blick auf ihn werfen! Sofort witterte ich darin eine potentielle Gefahr. Ich hatte Angst, dass ihn mir eine von ihnen wegschnappte.

Schließlich eröffnete Josef mir, dass er weder gewillt noch in der Lage sei, meine Minderwertigkeitskomplexe, die ich aus meiner ersten Ehe in unsere Beziehung miteingebracht habe, zu heilen, was mich bis zu einem gewissen Grad wachrüttelte. Ich wusste, dass er im Recht war! Tagein tagaus hämmerte ich mir ein - wenn es das erste Mal nicht geklappt hat, muss es nicht heißen, dass es dieses Mal nicht gut ausgehen würde!

Glücklicherweise hatte Josef Geduld mit mir. Er lieferte mir eine Unmenge an Beweisen, dass er mich liebte und ich sah es nicht. In meinem Kopf schwirrte nur sein Bild mit anderen Frauen umher und die Furcht, dass sie ihn mir ausspannten. Allmählich lernte ich, dass ich ihm vertrauen sollte, er nur mich und sonst niemanden liebte, was mir jedoch schwer fiel. Heute können wir herzhaft lachen, wenn wir darüber reden.

* * * * *

Die ganze Zeit über, in der ich mich mit den gewaltigen Problemen, die mir das Leben auferlegte, herumschlagen musste, rang meine Familie, die ich als Zwanzigjährige junge Frau verlassen hatte, um mir ein Leben nach eigenen Vorstellungen zu ermöglichen, mit deren Leben, Wünschen, Handlungen und Gewissen.

Obwohl ich mich schon vor langer Zeit aus meinem Zuhause aufgemacht hatte, blieben meine Eltern und Brüder weiterhin Bestandteil meines Lebens. Des Öfteren kam es vor, dass ich wütend auf sie war, mich von ihnen missbraucht und ausgenutzt fühlte, aber es waren die Meinigen, und bessere standen nicht zur Auswahl. Deshalb hängten und knüpften sich an meine Probleme auch noch all jene von ihnen an.

Mein Bruder Mihailo heiratete jung und bekam zwei Töchter - Vera und Mila. Vater hatte ihm einen Teil des Grundstücks vermacht, auf dem er ein Haus erbaute. Mit den Eltern teilte er einen gemeinsamen Hof, doch sie hatten immer ein schlechtes Verhältnis untereinander und stritten fortwährend über jede Bagatelle.

Vater und Mutter mussten natürlich wie gewohnt immer das letzte Wort haben, so dass Mihailo immer unter deren Fuchtel stand, was andauernd zu Streitigkeiten zwischen ihm und seiner Gemahlin führte. Und dann, eines Tages, verunglückte seine Ehefrau Slobodanka bei einem Verkehrsunfall tödlich und hinterließ Mann und zwei kleine Töchterchen.

Alle kamen überein, dass ich ihren Töchterchen diese furchtbare Nachricht überbringen sollte. Niemals werde ich jenen Augenblick vergessen, als ich ihnen mitteilen musste, dass ihre Mutter ums Leben gekommen ist. Sie kauerten sich um meine Beine herum zusammen und winselten wie verletzte Welpen. Während Tränen meine Wangen hinabflossen, fragte ich mich, warum etwas derart Entsetzliches geschieht, und weshalb musste es unbedingt ihnen passieren?

Ich hatte das Gefühl, mein Herz müsste bersten und ich wusste nicht, wie ich diesen unglücklichen Kindern erklären sollte, dass sie keine Mutter mehr haben, sie nie wieder zurückkehren wird und sie diese niemals wieder sehen werden.

Meine Mutter übernahm die Sorge für die Kinder, kochte für sie und machte die Wäsche, doch einzig die Liebe, derer sie bedurften, konnte sie ihnen nicht bieten, konnte nicht oder wusste nicht wie. Eine Oma ist eben doch nur eine Oma, und die Kinder bedürfen einer Mutter. Leider weilte diese nicht mehr unter uns. Mihailo kam mit dieser Situation schlecht zurande.

Nach nicht einmal einem Jahr seit dem Tod von Slobodanka, heiratete Mihailo aufs Neue, dieses Mal eine Lehrerin. Die Mädchen ertrugen die Anwesenheit der Stiefmutter, die das absolute Gegenteil zu ihrer Mutter war, mit Mühe.

Sie schaffte es nicht zu den Mädchen ein gutes Verhältnis aufzubauen, aber man kann trotz alledem nicht behaupten, dass sie eine böse Stiefmutter gewesen sei. Auch sie ist ohne Mutter aufgewachsen, mit mehreren verschiedenen Stiefmüttern, die der Vater dauernd wechselte, so dass ein derartiges Leben tiefe Spuren in ihr hinterlassen hatte, mit einfachen Worten, sie kam nicht zurecht. In Kürze brachte sie ihr eigenes Töchterchen zur Welt und bald darauf auch einen Sohn.

Meine Mutter begann natürlich, gleich nachdem diese Frau in Bruders Haus eingezogen war, einen Keil zwischen Mihailo und seiner neuen Angetrauten zu treiben. Irgendetwas störte sie andauernd und man konnte es ihr nie Recht machen. Mihailo ging es von Tag zu Tag schlechter. Er befand sich in der Zwickmühle – zwischen seiner Mutter und der Gattin – und wusste weder wie, noch wem er es Recht machen sollte. Selbstverständlich konnte solch ein Zerwürfnis unumgänglich nur zu einem führen, nämlich, dass er erkrankte! All diese Widrigkeiten und die unerträgliche Anspannung hinterließen Spuren auf seine Gesundheit.

Bald darauf verstarb unser Vater. Als ich von seinem Tod hörte, fühlte ich mich elendig. Unentwegt hallte es in meinem Kopf wider: *Er ist von uns gegangen ohne mir ein einziges Mal gesagt zu haben, dass er mich liebte und bräuchte.* Meine Seele schmerzte. Alles Hässliche, was ich durch ihn erfahren habe, alles, was ich ihm übel genommen hatte und nie zu verzeihen gedachte, all das verflog plötzlich.

Ich verzieh ihm alles, sogar die Schläge und die Scham, die ich wegen ihm durchlebt, als er mich vor meinen Freunden verdroschen hatte, alles geriet in Vergessenheit als ich ihn tot liegen sah.

Nach seinem Tod klammerte sich Mutter noch fester an meinen Bruder und saugte wie ein Blutegel seine gesamte Energie aus ihm heraus.

Mihailo, der all seine Probleme zu unterdrücken versuchte und sie innerlich durchlebte, schaffte es glücklicherweise, zwei schwere Herzinfarkte zu überstehen. Er wusste nicht, was er machen und wie er es tun sollte, da ihn Mutter zeitlebens wie an der Leine geführt und immer herumkommandiert hatte. Genauso wie ich, war er ihr auch nie gut genug, aber im Gegensatz zu mir, konnte sie dennoch nicht ohne ihn leben. Ständig rief sie ihn an, damit er sie besuchte, weil sie nicht mehr auf selbem Grundstück wohnten.

Mihailo hatte sein Haus veräußert und war weggezogen, in der Hoffnung, sich der Bande ein wenig zu entledigen, kam dabei jedoch noch schlechter davon. Er musste andauernd, manchmal sogar mehrmals täglich, zu ihr fahren, jeweils sechs Kilometer hin und zurück. Und Mutter hatte sich seit Vaters Tod in einen regelrechten Drachen verwandelt. Alle mussten nach ihrer Pfeife tanzen.

Mitar hingegen war von einem anderen Schlag, welcher sich nicht kleinkriegen ließ. Er schaute nur auf sich und seine Familie, nämlich auf seine Frau und die beiden Kinder - Tochter und Sohn. Deshalb ist er nach Frankreich gegangen und hat sich von niemanden unterjochen lassen. Er war nicht wie Mihailo.

Zwei Wochen nachdem Vater gestorben war, sickerte ans Tageslicht, dass Mitar diesen klammheimlich schon vor fünf Jahren überredet hatte, ihm das Haus zu *überschreiben,* ohne es jemandem von uns gesagt zu haben. Als ich davon erfuhr, überkam mich ein Gefühl, Vater zum zweiten Mal verloren zu haben, denn er war gegangen und hatte nach seinem Ableben zwischen uns Geschwistern, Ungerechtigkeit und Zwist zurückgelassen.

Es tat mir weh, dass Vater dies getan hatte, aber noch mehr verletzte mich die Tatsache, dass mein Bruder in der Lage gewesen ist, so etwas ohne mein und Mihailos Wissen zuwege zu bringen. Der Gedanke war mir fremd, dass mein eigener Bruder ein derartiger Mensch sein und solch einen miesen Charakter haben konnte. Es fiel mir schwer, das zu ertragen, aber ich wollte ihm dazu keine Fragen mehr stellen. Ich befürchtete, auch ihn zu verlieren, sollte ich es zu einer Aussprache kommen lassen. Deshalb vermied ich jegliche Debatte mit ihm, denn er bedeutete mir nichtsdestotrotz viel mehr als das gesamte Hab und Gut.

Dessen ungeachtet, habe ich ihn schlussendlich doch verloren, da wir uns gänzlich entfremdeten, als wären wir keine Geschwister mehr. Ich war nicht sauer, dass er sich unser Elternhaus angeeignet hatte, denn ich benötigte dieses nicht, da ich mein Eigenes besaß. Nur dieses Gefühl, von ihm und Vater hintergangen worden zu sein, war schrecklich. Sie haben mich von sich gestoßen, geradezu getreten, sowohl mich als auch Mihailo. Ich habe meine Wurzeln verloren.

Mutter ihrerseits konnte mir nie verzeihen, weil ich damals als ich von alledem erfuhr, nach nur zwei Wochen, die Trauerkleidung, die ich Vaters wegen getragen hatte, ablegte. Das tat ich, da ich im Inneren, seines Dahinscheidens wegen, keine Trauer mehr empfand. Hätte er mir zumindest ein wenig Liebe entgegengebracht oder mich geachtet, dann hätte er mit mir darüber gesprochen. Und hätte mein Bruder etwas Anstand gezeigt, wäre er dazu nie fähig gewesen.

Am Ende verpflichtete er sich, die Sorge um Mutter zu übernehmen und für ihre Bestattung aufzukommen. Er erbte das Haus und alles Übrige. Unser Verhältnis war von da an irgendwie verworren. Wir redeten nur bei den seltenen Anlässen, an denen wir uns begegneten, was kaum einmal der Fall war. Die ungeklärte Frage, weshalb er ohne unser Wissen – des seines Bruders und seiner Schwester – insgeheim das Erbe unserer Eltern übernommen hatte, blieb immer wie ein Keil zwischen uns stehen.

* * * * *

Meine Mutter konnte sich nicht damit abfinden, dass ich Zarko verlassen hatte. Ihre erste Reaktion war niederschmetternd, sie sagte mir nämlich, sie bereute es, mir ihr Blut damals gespendet zu haben, als ich mit drei Jahren schwer erkrankt war.

"Besser, ich hätte dich damals sterben lassen, als dass du mich derart mit Schande befleckst!" – entrüstete sie sich.

Ich wollte meinen Ohren nicht trauen, was die Frau, die mich zur Welt gebracht hatte, meine leibhaftige Mutter, da von sich gab. Ihre Worte trafen mich zutiefst, aber dennoch versuchte ich mich mit dem Gedanken, dass sie wütend sei und es gar nicht so meinte, zu trösten.

Ich rief sie grundsätzlich einmal im Monat an und wurde jedes Mal beschimpft und erniedrigt, wonach ich mir stets schwor, sie nicht mehr anzurufen. Nichtsdestotrotz tat ich es von neuem und erlebte jedes Mal dasselbe.

Wenn ich mit Josef nach Serbien fuhr, stattete ich unbedingt auch Mutter einen Besuch ab. In dieser Zeit, in der ich bei ihr war und ihre Verwünschungen und Beschimpfungen über mich ergehen ließ, musste er ihm Auto warten. Nach diesen Stippvisiten hatte ich für längere Zeit schlechte Laune und ich brauchte lange, um wieder zu mir zu kommen. Ich war für sie seit jeher die Schlechte, aber mein Geld war ihr stets gut genug und sie schlug es nie ab, sondern sackte es immer ein. Wie konnte sie nur so sein, fragte ich mich.

Josef, der eine vollkommen andere Erziehung in einer völlig anderen Zivilisation genossen hatte, in der die Familienbande lockerer und die Bindungen der Kinder zu ihren Eltern vielfach schwächer waren, konnte nicht verstehen, weshalb ich ihretwegen so sehr litt und trauerte.

Für ihn sah die Lösung ganz einfach aus - wenn sie mich nicht wollte, sollte ich sie vergessen. So konnte ich das aber nicht, denn wie auch immer sie sich benahm, war und blieb sie meine Mutter.

* * * * *

Nach einiger Zeit kamen auch meine Kinder nach Italien. Josef hat Stefan dabei geholfen, in einer Firma einen Job zu bekommen, was auch nicht schwer gewesen ist, hinsichtlich darauf, dass dieser mit einem Maschinenbau-Diplom aufwarten konnte. Darko meldete er über seine Firma an und fand dort Arbeit für ihn. Ich war überglücklich, weil endlich beide hier in meiner Nähe weilten.

Sie lebten bei ihrem Vater und nicht mit mir, was ich verstehen konnte. Für sie war Josef, wie gut er auch immer zu ihnen sein mochte, ein Fremder, und ihr Vater spielte zudem und nach alledem auch noch das Opfer, den verlassenen und sitzen gelassenen armen Tropf, einen Vater, der so, alleingelassen von allen, nicht leben konnte.

Er heulte und flennte, klagte, wie ich ihn, so einsam und erbärmlich, zurückgelassen habe, was auch auf meine Söhne, die nun schon erwachsen waren, Einfluss ausübte. Er war ja ihr Vater, und wie sehr sie sich seiner Mängel bewusst waren, bemitleideten sie ihn und wiederholten seine Geschichte, dass es von meiner Seite her nicht gerade löblich gewesen sei, ihn jetzt verlassen zu haben, da er nun beinah fünfzig geworden.

Sie nahmen mir übel, weshalb ich ihn nicht verlassen hatte als er jünger gewesen ist, wenn wir schon nicht miteinander auskommen konnten. Solche Vorwürfe ihrerseits ärgerten mich, nicht weil sie auf der Seite ihres Vaters waren, sondern weil sie sich nicht die Mühe gaben, mich zu verstehen, als wüssten sie nicht, weshalb! Ich hatte gewartet, bis sie größer wurden und auf eigenen Füßen stehen konnten! Stets kämpfte ich darum, sie auf den rechten Weg zu bringen!

Dass sie mich verurteilten, schmerzte mehr als alles andere. Nichts tut so weh, wie das Verurteilen und fehlende Verständnis seitens der eigenen Kinder. Auch ohne das, blutete mein Herz. Es fiel mir schwer, dass wir nicht beisammen waren, ich für sie kochen, alles richten und es ihnen recht machen konnte wie all die Jahre zuvor.

Ziemlich bald machte eine andere Frau dies für sie, mit der sich ihr *armer Vater* tröstete und zu sich in die Wohnung gebracht hatte, obwohl er mich, wie er unaufhörlich wiederholte, immer noch liebte. Ich wünschte ihm alles Glück der Welt und war erleichtert, dass er jemanden gefunden hatte und nicht mehr allein war.

Er hingegen wünschte mir kein Glück, sondern war eifersüchtig, dass ich mit Josef zusammen war und einen richtigen Mann an meiner Seite hatte. Den Kindern verbot er, mich zu sehen, weshalb wir uns dann heimlich trafen.

Glücklicherweise währte dieser Zustand nicht allzu lange, da Stefan es nicht zuließ. Langsam sahen alle ein, dass es so viel besser lief. Es gab keine ständigen Streitereien mehr und sie begriffen, dass ihre Mutter glücklich war, und mit der Zeit wurden sie auch gewahr, dass ihr Vater ebenfalls sein Glück gefunden hatte. Langsam kam alles an seinen Platz, nur dass dafür etwas Zeit ins Land verstreichen musste.

Bis dahin habe ich viele Tränen in Josefs Armen vergossen. Ich verging vor Verlangen nach meinen Kindern, und geduldig spendete er mir Mut zu, dass eines Tages alles seinen rechten Lauf nehmen würde, was zum Glück auch so kam. Gott dankte ich dafür, dass ich meinen Kummer mit dem Mann, den ich liebte, teilen konnte. Es ist ein überragendes Gefühl, wenn du alles, wirklich alles - Gutes wie auch Schlechtes, mit jemandem teilen kannst. Das war mein größter, so unverhofft erworbener Reichtum.

Nach drei Jahren gemeinsamen Lebens, heirateten Josef und ich. Diesen Tag unseres gemeinsamen Glücks, den Tag unserer Trauung, verbrachten wir im Kreise meiner Kinder. Sie haben Josef angenommen, was mir Frieden und Freude in mein Seelenleben zurückbrachte. Auch meine grundlosen, krankhaften Eifersuchtsanfälle hörten auf. Nun wusste ich und war mir sicher, dass er nur mir gehörte! Endlich hatte ich das Selbstvertrauen und die Selbstsicherheit, die ich nie besaß, erlangt, womit auch diese panische Angst, ihn zu verlieren, sich auflöste.

* * * * *

Zu guter Letzt begann die Phase meines schönen und glücklichen Lebens. Ich lebte so, wie ich es mir immer erhofft und gewünscht hatte, mit allen Höhen und Tiefen, die ein gemeinsames Leben mit sich brachte. Mein Josef unterstützte meine Kinder sehr, vor allem Darko, wann immer es nötig war, besonders in materieller Hinsicht.

In der Zwischenzeit haben wir auch den Kindern von meinem Bruder Mihailo – seinen Töchtern Vera und Mila, wie auch seinem Sohn Zare – geholfen, ebenfalls nach Italien zu kommen, wo sie alle ihre Familien gegründet, eigene Kinder bekommen haben, fleißig sind, allesamt arbeiten und ein gutes Leben führen. Ihre jüngste Schwester holten sie selbst hierher und halfen ihr, Fuß zu fassen. Auch sie heiratete alsbald und bekam einen Sohn.

Jahre gingen ins Land, und mich quälte einzig der Gedanke, dass ich einfach kein normales Verhältnis zu meiner Mutter aufbauen konnte. Derweil erkrankte sie an Dickdarmkrebs. Ihr Zustand verschlimmerte sich fortlaufend. Ich rief sie fast tagtäglich an, um zu erfahren, wie es ihr ginge, aber auch in der Hoffnung, dass sie mich mindestens in diesen schweren Augenblicken zu sich rufen würde, um gemeinsam ihren Schmerz zu teilen.

Mich quälte, dass wir uns nie nahegekommen sind und sie mir nicht verzeihen konnte, dass ich Zarko verlassen habe. Schon zehn Jahre war ich mit meinem Josef zusammen, und sie hatte ihn noch nicht kennengelernt, wobei ich es als äußerst wichtig erachtete, dass sie ihn akzeptierte, in ihm den gütigen Mann sah, der so viel für unsere ganze Familie getan hatte und schlussendlich - mir Glück beschert hat! Ich fragte mich, ob das für meine Mutter wenig bedeutete?! Meine Befürchtung war, dass sie für immer von uns gehen würde und es für alles, was ich mir so sehnlichst wünschte, zu spät sein könnte...

Endlich kam auch dieser Tag. Meine Mutter lud uns beide ein, sie zu besuchen. Eiligst packte ich alles Nötige für die Reise ein und das erste, was wir bei Ankunft taten, war, sie im Krankenhaus, in dem sie lag, zu besuchen.

Die Klinik sah düster und verwahrlost aus, als wäre sie gerade einer Fotografie aus dem Ersten Weltkrieg *entsprungen*. Die Fassade blätterte überall ab, von den Dachtraufen hing loser Mörtel herunter. An manchen Stellen war sie voller Löcher, als wäre sie mit Kugeln durchschossen worden. Vor der metallenen Eingangstür, die bei jedem Öffnen und Schließen quietschte, ragten ein Müllhaufen leerer Plastikflaschen und allerlei Synthetikzeug empor.

Als wir eintrafen, saß meine Mutter genau neben diesem Abfall, in ihrem gestreiften Pyjama, als wäre sie aus einer Gefängniszelle herausgekommen, mit einem Gehstock in der Hand, auf Josef und mich wartend. Die Kinder waren mit dabei und ich war ihnen dankbar dafür, denn ich hatte ihre Unterstützung in jeder Hinsicht nötig.

Josef war entsetzt und erschüttert als er dieses Bild der Armut und des Elends sah, da er so etwas nicht gewohnt war. Dezent fragte er mich, ob meine Mutter im Krankenhaus eine Gefängnisuniform trüge. Aus schierer Verzweiflung musste ich darüber sogar schmunzeln.

Nach zehn Jahren Ablehnung, Tadel und dem Ignorieren meiner zweiten Ehe, hielt ich meine Mutter wieder in den Armen. Beim Umarmen spürte ich nur die von faltiger Haut überzogenen Knochen einer dürren und zerbrechlichen Greisin. Ich dachte, ich müsste vergehen vor lauter Schmerz.

Warum mussten wir all die vergangenen Jahre vergeuden, fragte ich mich, denn mir war bewusst, dass uns nicht mehr viel gemeinsame Zeit blieb. Nur Gott allein wusste, wie lange sie noch leben würde, aber es war mir klar, dass es nicht mehr allzu lange dauern würde. Ich erwartete, dass sie endlich Reue zeigte, da ihre Dickköpfigkeit, Ursache unserer zehnjährigen Trennung war. Doch, das trat nicht ein. Sie war weiterhin kalt und gefühllos wie immer. Das einzige, was man in ihren Augen sehen konnte, war pure Angst, Angst vor Schmerzen und dem Tod. Gern hätte ich ihr geholfen, aber ich wusste nicht, wie.

Im Stillen dachte ich - Liebe Mutter, wenn es dein Leid lindern sollte, dann vergebe ich dir alles! Ich durfte das nicht laut aussprechen, denn mir war klar, dass wir uns wieder gezankt hätten, wozu ich es nicht kommen lassen wollte. In ihrem Verhältnis zu mir hatte sich nichts verändert. Ob wegen der Krankheit, aus Gewohnheit oder weil sie immer so empfunden hatte, schaute sie irgendwie stumpfsinnig, uninteressiert, durch mich hindurch, als wäre ich nicht ihre Tochter, sondern irgendeine Fremde! Und das schmerzte. Josef grüßte sie und sagte, dass er, wie es scheint, ein gutmütiger Mensch sei.

Danach hatte sie noch einen langen Leidensweg vor sich. Zwei Jahre später starb sie und hinterließ eine gähnende Leere in mir, doch andererseits kehrte nach allem endlich Frieden in meine Seele ein, denn sie musste nicht mehr diese fürchterlichen Schmerzen erleiden.

Und sie hatte unsäglich leiden müssen, doch keiner konnte ihr helfen und ihre Pein lindern.

Dass sie so schwer litt, verfolgte mich in all diesen Jahren ihrer Krankheit, ließ mir keinen Frieden und beunruhigte mich. Der Tod erlöste sie schlussendlich von alledem. Ihr Dahinscheiden erschütterte mich, ohne Rücksicht auf alle Narben, die tief in meiner Seele eingeritzt zurückblieben, doch ich konnte wieder zu meinem Seelenfrieden, welcher durch ihre Krankheit aus dem Gleichgewicht geraten war, zurückfinden.

* * * * *

Ich bin Natalija. Gerade bin ich in einem Alter, in dem Frauen ungern über die bisher gezählten Winter und Sommer reden, in dem sie grundsätzlich nicht gerne über Zahlen sprechen. Ich gehöre zu jener Frauengruppe, die morgens ihr Gegenüber, wenn sie sich im Spiegel betrachten und eine neue, winzige Falte über den Lippen oder um die schönen, großen, grün-braunen Augen, die ich an mir übrigens am meisten mag, entdecken, immer noch anlächeln können und die feststellen, dass die Zeit, die hinter ihnen liegt, auf ihrem Gesicht nur noch eine weitere Spur von Weisheit und einer durchlebten Erfahrung hinterlassen hat.

Mein Alter bereitet mir kein Kopfzerbrechen, noch leide ich wegen allem, was ich in der Vergangenheit als schwere Last bewältigen musste. Ich bereue kein einziges Erzittern und Zucken meines Herzens noch vergieße ich Tränen wegen einer mich erdrückenden Pein. Ich lebe allein für den dämmernden Morgen und den vor mir liegenden Tag.

Dennoch, wie sehr ich mich dagegen wehre, an die Vergangenheit zu denken, kehrt sie manchmal von selbst, ungerufen in meine Gedanken ein. Dann stelle ich mir die Frage, ob sie mich quälen und verfolgen möchte oder mir nur nicht zulässt, zu vergessen. Aber nach all dem, bin ich mir fast sicher, sie wolle mir nur zu Wissen geben, dass ich *im gegenwärtigen Leben* kein Recht auf Tränenvergießen, Unzufriedenheit und schlechte Laune habe.

Ich bin eine der Frauen, die ihre Träume verwirklicht haben und die glücklich ist, aber über Hürden hinweg ihr Glück erreicht hat. Viele Dornen musste ich aus meinen blutenden Füßen entfernen, während ich auf dem Weg zu meinem Glück wandelte.

Meine Kinder sind ihren Kinderschuhen entwachsen und zu gestandenen Leuten geworden. Beide sind glücklich verheiratet und haben je eine Tochter. Sie führen ein behagliches und zufriedenes Leben, so dass auch ich erfüllt und selig bin.

Und ich? Ich habe mich all meiner Leiden entledigt und genieße das erhabene Glück, welches *Jener* dort Oben, meinem Josef, mir und den Kindern beschert hat. Meine einstigen Sehnsüchte und Träumereien von einem angenehmen und glückseligen Leben sind in Erfüllung gegangen und ich fühle, dass nun alles, genauso wie es mein Sohn Stefan ausdrücken würde - unter Kontrolle ist.

* * * * *

Zufrieden räkle ich mich in meinem Bett. Mein Blick fällt auf die Kommode, die genau neben meinem Kopfteil steht, wo aus einer schlanken Glasvase eine wundervolle rote Rose hervorstrotzt. Ich lächle selig und frage mich, wie ich nicht mitbekommen habe als Josef sie heute Morgen in unserem Rosengarten gepflückt und neben meinen Kopf aufgestellt hat. An die Vase gelehnt, steht ein gefaltetes Stück Papier mit der Aufschrift:

Ich liebe dich und werde dich immer lieben - dein Josef.

Ich dich genauso bis an mein Lebensende, Josef. Deshalb mag ich auch all meine Erinnerungen an die vergangenen Tage, dank derer ich mir jedes Mal aufs Neue bewusst werde, wie sehr ich nun mit dir glücklich bin.

Ich stehe auf, gehe zum Fenster. Unter dem strahlend blauen italienischen Himmel, wo sich die unruhigen Wölkchen, aufgeplatzten Baumwollknospen ähnlich, fröhlich herumtummeln, scharrt Josef von der Sonne gebadet in unserem prächtigen Garten an den erblühten Blumentöpfen herum. Als er bemerkt, dass ich die Gardine am Fenster auseinander schiebe, hebt er seinen Blick und als er meiner gewahr wurde, zogen sich seine Lippen zu einem breiten Lächeln auseinander. Er deutet mir, in den Garten zu kommen, dass er auf mich wartete, um gemeinsam Kaffee zu trinken.

Ich schaue ihn an und überlege: *Nie im Leben würde ich diesen Augenblick hergeben, diesen Tag und dieses Glück, das mir wie die Luft meine Lungen füllt und mir schlussendlich erlaubt, zu atmen. Dieser so erwünschte Moment meiner Glückseligkeit und Erfüllung, ein Augenblick von der anderen Seite des Abgrunds, der Seite, von der ich so lange geträumt, zu der ich gelangt bin, indem ich meine alte, klapprige Hängebrücke überquert habe ... die Brücke aus meinen Träumen...*